I0526765

FABLES

DE FÉNELON.

OUVRAGES QUI SE TROUVENT A LA MÊME LIBRAIRIE :

Aventures de Télémaque , par Fénelon , édition classique , avec notes , par *M. E. Frémont*; fort *in*-18.

Caractères de La Bruyère , édition classique , précédée d'une notice littéraire , par *M. A. Mottet*; in-18.

Discours académiques de Buffon , édition classique , précédée d'une notice littéraire, par *M. J. Genouille* ; in-18.

Discours sur l'Histoire Universelle , par Bossuet , édition classique , précédée d'une notice littéraire , par *N. A. Dubois* ; 1 vol. *in*-18.

Fables de La Fontaine, édition classique, avec notes explicatives , par *M. E. Frémont*; in-18.

Fables de Fénelon , édition classique , avec notes explicatives , par *M. E. Frémont*; in-18.

Grandeur et Décadence des Romains., par Montesquieu , édition classique , avec notes , par *M. Paul Longueville*; in-18.

OEuvres choisies de Boileau , édition classique , avec notes, par *N. A. Dubois*; in-18.

OEuvres choisies de J. B. Rousseau , édition classique , avec notes, par *M. Amar*; in-18.

Oraisons funèbres de Bossuet , édition classique , avec notes , par *M. Trouillet*; in-18.

Petit Carême de Massillon , édition classique , avec notes , par *M. Trouillet*; in-18.

Pensées diverses de Littérature et de Philosophie , de Pascal , édition classique , avec notes , par *N. A. Dubois*; in-18.

Siècle de Louis XIV, édition classique , avec notes , par *N. A. Dubois*; fort *in*-18.

FABLES
DE FÉNELON.

ÉDITION CLASSIQUE

AVEC NOTES EXPLICATIVES ET MYTHOLOGIQUES,

Par E. L. FRÉMONT,

ANCIEN MAITRE DE PENSION.

PARIS.

IMPRIMERIE ET LIBRAIRIE CLASSIQUES

De JULES DELALAIN,

Fils et Successeur d'Auguste Delalain,

RUE DES MATHURINS S.-JACQUES, N° 5, PRÈS LA SORBONNE.

M DCCC XLIV.

Tout contrefacteur ou débitant de contrefaçons de cette Édition, sera poursuivi conformément aux lois.

Tous les Exemplaires sont revêtus de ma griffe.

Jules Delaulaye

AVANT-PROPOS.

FÉNELON a fait des fables dans le même dessein que son Télémaque, pour l'éducation d'un jeune prince, le duc de Bourgogne. Il les lui composait sur-le-champ, selon ses divers besoins, tantôt pour corriger d'une manière douce et aimable ce que son naturel avait de défectueux; tantôt pour confirmer en lui ce qu'il y avait de bon et de grand; tantôt enfin pour lui insinuer, par des instructions familières, à la portée de son âge, les plus sublimes maximes de la morale. Tandis qu'il formait ainsi son goût, son cœur et son esprit, il lui apprenait en même temps la Fable et l'histoire avec les caractères des grands hommes de l'antiquité. Par là, il unissait les préceptes et les exemples, lui peignait la vertu d'une manière sensible et intéressante, et lui montrait qu'elle n'était pas seulement belle et aimable dans la spéculation, mais encore que la pratique n'en était point au-dessus des forces de l'homme.

Le style de ces fables se trouvera diversifié, selon que le demandaient les besoins, les divers goûts et les caprices du prince pour qui on les composait. L'auteur, tantôt sublime et grave comme Platon, en a toute la force et la sagesse ; tantôt, par un badinage ingénieux, il emploie la légèreté et la délicatesse de Lucien ; quelquefois, simple et naïf, il se proportionne à l'enfance ; d'autres fois, noble et élevé, ses préceptes sont dignes des plus grands esprits. La sagesse prend ici toutes les formes ; mais elle est toujours accompagnée de grâces insinuantes.

Ces fables étant surtout destinées à de jeunes enfants, on a cru devoir ajouter à cette nouvelle édition des notes géographiques et mythologiques pour leur en faciliter l'intelligence.

FABLES
DE FÉNELON.

FABLE 1.

Le Loup et le jeune Mouton.

Des moutons étaient en sûreté dans leur parc ; les chiens dormaient, et le berger, à l'ombre d'un grand ormeau, jouait de la flûte avec d'autres bergers voisins. Un loup affamé vint, par les fentes de l'enceinte, reconnaître l'état du troupeau. Un jeune mouton, sans expérience, et qui n'avait jamais rien vu, entra en conversation avec lui : « Que venez-vous chercher ici ? dit-il au glouton. — L'herbe tendre et fleurie, lui répondit le loup. Vous savez que rien n'est plus doux que de paître dans une verte prairie émaillée de fleurs, pour apaiser sa faim, et d'aller éteindre sa soif dans un clair ruisseau : j'ai trouvé ici l'un et l'autre. Que faut-il davantage ? J'aime la philosophie qui enseigne à se contenter de peu. — Est-il donc vrai, repartit le jeune mouton, que vous ne mangez point la chair des animaux, et qu'un peu d'herbe vous suffit ? Si cela est, vivons comme frères et paissons ensemble. » Aussitôt le mouton sort du parc dans la prairie, où le sobre philosophe le mit en pièces et l'avala.

Défiez-vous des belles paroles des gens qui se vantent d'être vertueux. Jugez-en par leurs actions, et non par leurs discours.

FABLE 2.

L'Abeille et la Mouche.

Un jour une abeille aperçut une mouche auprès de sa ruche. « Que viens-tu faire ici ? lui dit-elle d'un ton furieux. Vraiment, c'est bien à toi, vil animal, à te mêler avec les reines de l'air ! — Tu as raison, répondit froidement la mouche, on a toujours tort de s'approcher d'une nation aussi fougueuse que la vôtre. — Rien n'est plus sage que nous, dit l'abeille : nous seules avons des lois et une république bien policée ; nous ne broutons que des fleurs odoriférantes ; nous ne faisons que du miel délicieux, qui égale le nectar [1]. Ote-toi de ma présence, vilaine mouche importune, qui ne fais que bourdonner et chercher ta vie sur des ordures. — Nous vivons comme nous pouvons, répondit la mouche : la pauvreté n'est pas un vice ; mais la colère en est un grand. Vous faites du miel qui est doux, mais votre cœur est toujours amer ; vous êtes sages dans vos lois, mais emportées dans votre conduite. Votre colère, qui pique

---

1. *Nectar*, breuvage des dieux, suivant la Fable. Se dit figurément de toute liqueur agréable.

1.

vos ennemis, vous donne la mort, et votre folle cruauté vous fait plus de mal qu'à personne. Il vaut mieux avoir des qualités moins éclatantes, avec plus de modération. »

FABLE 3.

Les deux Renards.

Deux renards entrèrent la nuit par surprise dans un poulailler ; ils étranglèrent le coq, les poules et les poulets : après ce carnage, ils apaisèrent leur faim. L'un, qui était jeune et ardent, voulait tout dévorer ; l'autre, qui était vieux et avare, voulait garder quelque provision pour l'avenir. Le vieux disait : « Mon enfant, l'expérience m'a rendu sage ; j'ai vu bien des choses depuis que je suis au monde. Ne mangeons pas tout notre bien en un seul jour. Nous avons fait fortune ; c'est un trésor que nous avons trouvé, il faut le ménager. » Le jeune répondit : « Je veux tout manger pendant que j'y suis, et me rassasier pour huit jours : car pour ce qui est de revenir ici, chansons ! il n'y fera pas bon demain ; le maître, pour venger la mort de ses poules, nous assommerait. » Après cette conversation, chacun prend son parti. Le jeune mange tant, qu'il se crève, et peut à peine aller mourir dans son terrier. Le vieux, qui se croit bien plus sage de modérer ses appétits et de vivre d'économie, veut, le lendemain, retourner à sa proie, et est assommé par le maître.

Ainsi chaque âge a ses défauts : les jeunes gens sont fougueux et insatiables dans leurs plaisirs ; les vieux sont incorrigibles dans leur avarice.

FABLE 4.

L'Ourse et le petit Ours.

La patience et l'éducation corrigent bien des défauts.

Une ourse avait un petit ours qui venait de naître. Il était horriblement laid. On ne reconnaissait en lui aucune figure d'animal : c'était une masse informe et hideuse. L'ourse, toute honteuse d'avoir un tel fils, va trouver sa voisine la corneille, qui faisait grand bruit par son caquet, sous un arbre. « Que ferai-je, lui dit-elle, ma bonne commère, de ce petit monstre ? J'ai envie de l'étrangler. — Gardez-vous-en bien, dit la causeuse : j'ai vu d'autres ourses dans le même embarras que vous. Allez, léchez doucement votre fils ; il sera bientôt joli, mignon et propre à vous faire honneur. » La mère crut facilement ce qu'on lui disait en faveur de son fils. Elle eut la patience de le lécher longtemps. Enfin il commença à devenir moins difforme, et elle alla remercier la corneille en ces termes : « Si vous n'eussiez modéré mon impatience, j'aurais cruellement déchiré mon fils, qui fait maintenant tout le plaisir de ma vie. »

Oh! que l'impatience empêche de biens et cause de maux!

FABLE 5.

Le Dragon et les deux Renards.

Un dragon [1] gardait un trésor dans une profonde caverne; il veillait jour et nuit pour le conserver. Deux renards, grands fourbes et grands voleurs de leur métier, s'insinuèrent auprès de lui par leurs flatteries. Ils devinrent ses confidents. Les gens les plus complaisants et les plus empressés ne sont pas les plus sûrs. Ils le traitaient de grand personnage, admiraient toutes ses fantaisies, étaient toujours de son avis, et se moquaient entre eux de leur dupe. Enfin il s'endormit un jour au milieu d'eux; ils l'étranglèrent et s'emparèrent du trésor. Il fallut le partager entre eux : c'était une affaire bien difficile, car deux scélérats ne s'accordent que pour faire le mal. L'un d'eux se mit à moraliser : « A quoi, disait-il, nous servira tout cet argent ? un peu de chasse nous vaudrait mieux : on ne mange point du métal; les pistoles [2] sont de mauvaise digestion. Les hommes sont des fous d'aimer tant ces fausses richesses : ne soyons pas aussi insensés qu'eux. » L'autre fit semblant

1. *Dragon*, animal fabuleux représenté avec une queue de serpent, des ailes et des griffes.
2. *Pistole*, monnaie de compte.

d'être touché de ces réflexions, et assura qu'il voulait vivre en philosophe comme Bias [1], portant tout son bien sur lui. Chacun fait semblant de quitter le trésor : mais ils se dressèrent des embûches et s'entre-déchirèrent. L'un d'eux en mourant dit à l'autre qui était aussi blessé que lui : « Que voulais-tu faire de cet argent ?—La même chose que tu voulais en faire, répondit l'autre. » Un homme passant apprit leur aventure, et les trouva bien fous. « Vous ne l'êtes pas moins que nous, lui dit un des renards. Vous ne sauriez, non plus que nous, vous nourrir d'argent, et vous vous tuez pour en avoir. Du moins notre race jusqu'ici a été assez sage pour ne mettre en usage aucune monnaie. Ce que vous avez introduit chez vous pour la commodité, fait votre malheur. Vous perdez les vrais biens pour chercher les biens imaginaires. »

FABLE 6.

Les Abeilles.

Un jeune prince, au retour des zéphyrs [2], lorsque toute la nature se ranime, se promenait dans un jardin délicieux; il entendit un grand

1. *Bias*, un des sept sages de la Grèce (570 av. J.-C.). Les habitants de Priène (v. d'Ionie), sa patrie, pressés de quitter leur ville assiégée, emportaient leurs plus précieux objets. Bias, à qui l'on demanda pourquoi il n'emportait rien, répondit : « Je porte tout avec moi. »
2. *Zéphyr*, toute sorte de vent doux.

bruit, et aperçut une ruche d'abeilles. Il s'approche de ce spectacle, qui était nouveau pour lui ; il vit avec étonnement l'ordre, le soin et le travail de cette petite république. Les cellules commençaient à se former et à prendre une figure régulière. Une partie des abeilles les remplissaient de leur doux nectar [1] ; les autres apportaient des fleurs qu'elles avaient choisies entre toutes les richesses du printemps. L'oisiveté et la paresse étaient bannies de ce petit Etat ; tout y était en mouvement, mais sans confusion et sans trouble. Les plus considérables d'entre les abeilles conduisaient les autres, qui obéissaient sans murmure et sans jalousie contre celles qui étaient au-dessus d'elles. Pendant que le jeune prince admirait cet objet qu'il ne connaissait pas encore, une abeille, que toutes les autres reconnaissaient pour leur reine, s'approcha de lui et lui dit : « La vue de nos ouvrages et de notre conduite vous réjouit ; mais elle doit encore plus vous instruire. Nous ne souffrons point chez nous le désordre ni la licence ; on n'est considérable parmi nous que par son travail et par les talents qui peuvent être utiles à notre république. Le mérite est la seule voie qui élève aux premières places. Nous ne nous occupons nuit et jour qu'à des choses dont les hommes retirent toute l'utilité. Puissiez-vous être un jour comme nous, et mettre dans le genre humain l'ordre que vous admirez chez nous ! Vous

1. *Nectar*, voy. p. 2.

travaillerez par là à son bonheur et au vôtre :
vous remplirez la tâche que le destin vous a
imposée : car vous ne serez au-dessus des autres
que pour les protéger, que pour écarter les
maux qui les menacent, que pour leur procurer
tous les biens qu'ils ont droit d'attendre d'un
gouvernement vigilant et paternel. »

FABLE 7.

Le Renard puni de sa curiosité.

Un renard des montagnes d'Aragon [1], ayant
vieilli dans la finesse, voulut donner ses derniers
jours à la curiosité. Il prit le dessein d'aller voir
en Castille [2] le fameux Escurial, qui est le palais des rois d'Espagne, bâti par Philippe II [3].
En arrivant, il fut surpris, car il était peu accoutumé à la magnificence : jusqu'alors il n'avait
vu que son terrier et le poulailler d'un fermier
voisin, où il était d'ordinaire assez mal reçu. Il
voit là des colonnes de marbres ; là des portes
d'or, des bas-reliefs de diamant. Il entra dans
plusieurs chambres dont les tapisseries étaient
admirables : on y voyait des chasses, des combats, des fables où les dieux se jouaient parmi
les hommes ; enfin l'histoire de don Quichotte [4],

1. *Aragon,* province d'Espagne, cap. Saragosse.
2. *Castille,* prov. d'Espagne.
3. *Philippe II,* fils de Charles-Quint, régna sur l'Espagne de 1556 à 1598.
4. *Don Quichotte,* chevalier errant, héros d'un roman
de Cervantès. Sancho est son écuyer monté sur un âne.

où Sancho, monté sur son grison, allait gouverner l'île que le duc lui avait confiée [1]. Puis, il aperçut des cages où l'on avait renfermé des lions et des léopards. Pendant que le renard regardait ces merveilles, deux chiens du palais l'étranglèrent. Il se trouva mal de sa curiosité.

FABLE 8.

Le Lièvre qui fait le brave.

Un lièvre qui était honteux d'être poltron, cherchait quelque occasion de s'aguerrir. Il allait quelquefois par un trou d'une haie dans les choux du jardin d'un paysan, pour s'accoutumer au bruit du village. Souvent même il passait assez près de quelques mâtins, qui se contentaient d'aboyer après lui. Au retour de ces grandes expéditions, il se croyait plus redoutable qu'Alcide [2] après tous ses travaux. On dit même qu'il ne rentrait dans son gîte qu'avec des des feuilles de laurier, et faisait l'ovation [3]. Il vantait ses prouesses à ses compères les lièvres voisins. Il représentait les dangers qu'il avait courus, les alarmes qu'il avait données aux ennemis, les ruses de guerre qu'il avait faites en expérimenté capitaine, et surtout son intrépidité

1. C'est un des épisodes du roman de *Don Quichotte*.
2. *Alcide*, surnom d'Hercule, petit-fils d'Alcée.
3. *Ovation*, (du latin *ovis*, brebis), sorte de triomphe chez les Romains ; on y sacrifiait une brebis.

* 1

héroïque. Chaque matin, il remerciait Mars [1] et
Bellone de lui avoir donné des talents et un courage pour dompter toutes les nations à longues
oreilles. Jean Lapin, discourant un jour avec lui,
lui dit d'un ton moqueur : «Mon ami, je te voudrais
voir avec cette belle fierté au milieu d'une meute
de chiens courants. Hercule [2] fuirait bien vite,
et ferait une laide contenance. — Moi, répondit notre preux [3] chevalier, je ne reculerais
pas, quand toute la gent chienne viendrait m'at-
taquer. » A peine eut-il parlé, qu'il entendit
un petit tournebroche [4] d'un fermier voisin,
qui glapissait dans les buissons assez loin de
lui. Aussitôt il tremble, il frissonne, il a la
fièvre; ses yeux se troublent comme ceux de
Pâris [5] quand il vit Ménélas qui venait ardemment contre lui. Il se précipite d'un rocher es-
carpé dans une profonde vallée, où il pensa se
noyer dans un ruisseau. Jean Lapin, le voyant
faire le saut, s'écria de son terrier : « Le voilà
ce foudre [6] de guerre ! Le voilà cet Hercule qui
doit purger la terre de tous les monstres dont
elle est pleine ! »

1. *Mars* et *Bellone*, dieu et déesse de la guerre.
2. *Hercule*, héros de la Fable, fils de Jupiter et d'Alc-
mène.
3. *Preux*, brave, vaillant.
4. *Tournebroche*, chien qu'on met dans une roue pour
faire tourner la broche.
5. *Pâris*, fils de Priam, roi de Troie, avait enlevé
Hélène, femme de Ménélas, roi de Lacédémone; ce fut la
cause du siége de Troie.
6. Un *foudre de guerre* est un grand général.

FABLE 9.

Le Hibou.

Un jeune hibou qui s'était vu dans une fontaine, et qui se trouvait plus beau, je ne dirai pas que le jour, car il le trouvait fort désagréable, mais que la nuit, qui avait de grands charmes pour lui, disait en lui-même : « J'ai sacrifié aux Grâces [1] ; Vénus a mis sur moi sa ceinture dans ma naissance ; les tendres Amours, accompagnés des Jeux et des Ris, voltigent autour de moi pour me caresser. Il est temps que le blond Hyménée [2] me donne des enfants gracieux comme moi ; ils seront l'ornement des bocages et les délices de la nuit. Quel dommage que la race des plus parfaits oiseaux se perdît ! Heureuse l'épouse qui passera sa vie à me voir ! » Dans cette pensée, il envoie la corneille demander de sa part une petite aiglonne, fille de l'aigle, reine des airs [3]. La corneille avait peine à se charger de cette ambassade : « Je serai mal reçue, disait-elle, de proposer un mariage si mal assorti. Quoi ! l'aigle, qui ose regarder fixement le soleil, se marierait avec

1. Les *Grâces*, trois déesses compagnes de Vénus, déesse de la beauté et mère de l'Amour. La ceinture de Vénus inspirait la tendresse.

2. *Hyménée*, fils de Vénus et de Bacchus, présidait au mariage. On le représentait jeune, blond, tenant à la main un flambeau.

3. L'aigle, *reine* des airs. *Aigle* n'est plus que du genre masculin, pour désigner l'oiseau.

vous, qui ne sauriez seulement ouvrir les yeux
tandis qu'il est jour ! c'est le moyen que les deux
époux ne soient jamais ensemble; l'un sortira
le jour, et l'autre la nuit. » Le hibou, vain et
amoureux de lui-même, n'écouta rien. La corneille, pour le contenter alla enfin demander
l'aiglonne. On se moqua de sa folle demande.
L'aigle lui répondit : « Si le hibou veut être mon
gendre, qu'il vienne après le lever du soleil me
saluer au milieu de l'air. » Le hibou présomp-
tueux y voulut aller. Ses yeux furent d'abord
éblouis; il fut aveuglé par les rayons du soleil,
et tomba du haut de l'air sur un rocher. Tous
les oiseaux se jetèrent sur lui, et lui arrachèrent
ses plumes. Il fut trop heureux de se cacher
dans un trou, et d'épouser la chouette, qui fut
une digne dame du lieu. Leur hymen fut célébré
la nuit, et ils se trouvèrent l'un et l'autre très-
beaux et très-agréables.

Il ne faut rien chercher au-dessus de soi, ni
se flatter sur ses avantages.

FABLE 10.

Le Chat et les Lapins.

Un chat qui faisait le modeste, était entré dans
une garenne peuplée de lapins. Aussitôt toute
la république alarmée ne songea qu'à s'enfoncer
dans ses trous. Comme le nouveau venu était au
guet auprès d'un terrier, les députés de la nation
lapine, qui avaient vu ses terribles griffes, com-

parurent dans l'endroit le plus étroit de l'entrée
du terrier, pour lui demander ce qu'il prétendait.
Il protesta d'une voix douce qu'il voulait seulement étudier les mœurs de la nation ; qu'en qualité de philosophe, il allait dans tous les pays
pour s'informer des coutumes de chaque espèce
d'animaux. Les députés, simples et crédules,
retournèrent dire à leurs frères que cet étranger,
si vénérable par son maintien modeste et par
sa majestueuse fourrure, était un philosophe
sobre, désintéressé, pacifique, qui voulait seulement rechercher la sagesse de pays en pays ;
qu'il venait de beaucoup d'autres lieux où il avait
vu de grandes merveilles ; qu'il y aurait bien du
plaisir à l'entendre, et qu'il n'avait garde de
croquer les lapins, puisqu'il croyait en bon bramin [1] la métempsycose [2], et ne mangeait d'aucun
aliment qui eût eu vie. Ce beau discours toucha
l'assemblée. En vain un vieux lapin rusé, qui
était le docteur de la troupe, représenta combien ce grave philosophe lui était suspect : malgré lui on va saluer le bramin, qui étrangla du
premier salut sept ou huit de ces pauvres gens.
Les autres regagnent leurs trous, bien effrayés
et bien honteux de leur faute. Alors dom Mitis [3]
revint à l'entrée du terrier, protestant, d'un
ton plein de cordialité, qu'il n'avait fait ce

1. *Bramin*, nom de ceux qui forment la 1re caste (classe)
chez les Indiens.

2. *Métempsycose*, passage d'une âme dans un autre
corps : opinion du philosophe Pythagore et des Indiens.

3. *Dom* (du latin *dominus*), seigneur ; *Mitis*, mot latin
qui signifie *doux*.

meurtre que malgré lui, pour son pressant besoin ; que désormais il vivrait d'autres animaux, et ferait avec eux une alliance éternelle. Aussitôt les lapins entrent en négociation avec lui, sans se mettre néanmoins à la portée de ses griffes. La négociation dure ; on l'amuse. Cependant un lapin des plus agiles sort par les derrières du terrier, et va avertir un berger voisin, qui aimait à prendre dans un lacs de ces lapins nourris de genièvre. Le berger, irrité contre ce chat exterminateur d'un peuple si utile, accourt au terrier avec un arc et des flèches ; il aperçoit le chat, qui n'était attentif qu'à sa proie ; il le perce d'une de ses flèches ; et le chat expirant dit ces dernières paroles : « Quand on a une fois trompé, on ne peut plus être cru de personne ; on est haï, craint, détesté, et on est enfin attrapé par ses propres finesses. »

FABLE 11.

Le Pigeon puni de son inquiétude.

Deux pigeons vivaient ensemble dans un colombier avec une paix profonde. Ils fendaient l'air de leurs ailes, qui paraissaient immobiles par leur rapidité. Ils se jouaient en volant l'un auprès de l'autre, se fuyant et se poursuivant tour à tour ; puis ils allaient chercher du grain dans l'aire du fermier ou dans les prairies voisines. Aussitôt ils allaient se désaltérer dans l'onde pure d'un ruisseau qui coulait au travers

de ces prés fleuris. De là, ils revenaient voir
leurs pénates ¹ dans le colombier blanchi et
plein de petits trous : ils y passaient le temps
dans une douce société avec leurs fidèles compagnes. Leurs cœurs étaient tendres ; le plu-
mage de leurs cous était changeant, et peint
d'un plus grand nombre de couleurs que l'inconstante Iris ². On entendait le doux murmure
de ces heureux pigeons, et leur vie était délicieuse. L'un deux, se dégoûtant des plaisirs
d'une vie paisible, se laissa séduire par une
folle ambition, et livra son esprit aux projets
de la politique. Le voilà qui abandonne son
ancien ami ; il part, il va du côté du levant. Il
passe au-dessus de la mer Méditerranée ³, et
vogue avec ses ailes dans les airs, comme un
navire avec ses voiles dans les ondes de Téthys ⁴.
Il arrive à Alexandrette ⁵ ; de là il continue son
chemin, traversant les terres jusqu'à Alep ⁶.
En y arrivant, il salue les autres pigeons de la
contrée qui servent de courriers réglés, et il
envie leur bonheur. Aussitôt il se répand parmi
eux un bruit qu'il est venu un étranger de leur

1. *Pénates*, dieux domestiques dont le nom au figuré
désigne la demeure de quelqu'un.
2. *Iris*, messagère de Junon. Cette déesse la métamor-
phosa en arc-en-ciel, que son nom désigne.
3. Mer située au milieu des terres, entre l'Europe, l'Asie
et l'Afrique.
4. *Téthys*, femme de l'Océan, fille du Ciel et de la
Terre. Son nom désigne ici la mer.
5. *Alexandrette*, petite ville de Syrie (Asie).
6. *Alep*, ville de Syrie ; c'est l'ancienne *Beroé*.

nation, qui a traversé des pays immenses. Il est
mis au rang des courriers : il porte toutes les
semaines les lettres d'un bacha[1], attachées à
son pied, et il fait vingt-huit lieues en moins
d'une journée. Il est orgueilleux de porter les
secrets de l'Etat, et il a pitié de son ancien compagnon, qui vit sans gloire dans les trous de
son colombier. Mais un jour, comme il portait
des lettres du bacha, soupçonné d'infidélité par
le grand-seigneur[2], on voulut découvrir, par
les lettres de ce bacha, s'il n'avait point quelque
intelligence secrète avec les officiers du roi de
Perse[3] : une flèche tirée perce le pauvre pigeon,
qui, d'une aile traînante, se soutient encore un
peu, pendant que son sang coule. Enfin il tombe,
et les ténèbres de la mort couvrent déjà ses
yeux : pendant qu'on lui ôte ses lettres pour
les lire, il expire, plein de douleur, condam-
nant sa vaine ambition, et regrettant le doux
repos de son colombier, où il pouvait vivre en
sûreté avec son ami.

FABLE 12.
Les deux Souris.

Une souris, ennuyée de vivre dans les périls
et dans les alarmes, à cause de Mitis[4] et de Ro-

1. *Bacha* ou *pacha*, gouverneur de province en Turquie.
2. *Grand-seigneur*, le sultan qui règne en Turquie.
3. *Perse*, vaste pays de l'Asie.
4. *Mitis*, voy. p. 13. *Rodilardus*, mot formé de deux
mots latins, signifie *Ronge-lard*; noms de chats.

dilardus, qui faisaient grand carnage de la nation souriquoise, appela sa commère, qui était dans un trou de son voisinage. « Il m'est venu, lui dit-elle, une bonne pensée. J'ai lu, dans certains livres que je rongeais ces jours passés, qu'il y a un beau pays nommé les Indes [1], où notre peuple est mieux traité et plus en sûreté qu'ici. En ce pays-là, les sages croient que l'âme d'une souris a été autrefois l'âme d'un grand capitaine, d'un roi, d'un merveilleux fakir [2], et qu'elle pourra, après la mort de la souris, entrer dans le corps de quelque belle dame ou de quelque grand pandiar [3]. Si je m'en souviens bien, cela s'appelle métempsycose. Dans cette opinion, ils traitent tous les animaux avec une charité fraternelle : on voit des hôpitaux [4] de souris, qu'on met en pension, et qu'on nourrit comme des personnes de mérite. Allons, ma sœur, partons pour un aussi beau pays, où la police est si bonne, et où l'on fait justice à notre mérite. » La commère lui répondit : « Mais ma sœur, n'y a-t-il pas des chats qui entrent dans ces hôpitaux? Si cela était, ils feraient en peu de temps bien des métempsycoses : un coup de

1. *Indes* ou *Indostan*, vaste pays de l'Asie.
2. *Fakir* ou *faquir*, religieux mahométan qui court le pays en vivant d'aumônes.
3. *Pandiar*, brame ou brachmane, qui s'occupe de sciences, d'astronomie. *Métempsycose*, voy. p. 13.
4. *Hôpitaux*. Il existe de tels établissements dans les Indes, au rapport des voyageurs.

dent ou de griffe ferait un roi ou un fakir, merveille dont nous nous passerions très-bien. —
Ne craignez point cela, dit la première; l'ordre
est parfait dans ce pays-là : les chats ont leurs
maisons, comme nous les nôtres, et ils ont aussi
leurs hôpitaux d'invalides qui sont à part. » Sur
cette conversation, nos deux souris partent ensemble; elles s'embarquent dans un vaisseau
qui allait faire un voyage de long cours [1], en
se coulant le long des cordages le soir de la
veille de l'embarquement. On part; elles sont
ravies de se voir sur la mer, loin des terres
maudites où les chats exerçaient leur tyrannie.
La navigation fut heureuse; elles arrivent à
Surate [2], non pour amasser des richesses,
comme les marchands, mais pour se faire bien
traiter par les Indous [3]. A peine furent-elles
entrées dans une maison destinée aux souris,
qu'elles y prétendirent les premières places.
L'une prétendait se souvenir d'avoir été autrefois
un fameux bramin [4] sur la côte de Malabar [5];
l'autre protestait qu'elle avait été une belle dame
du même pays, avec de longues oreilles. Elles
firent tant les insolentes, que les souris in-
diennes ne purent les souffrir. Voilà une guerre

1. Voyage *de long cours*, dont le terme est très-éloi-
gné.
2. *Surate*, ville de l'Indostan.
3. *Indous* ou *Indiens*, peuple de l'Inde.
4. *Bramin*, voy. p. 13, n. 1.
5. *Malabar*, côte qui fait partie de l'Inde.

civile. On donna sans quartier sur ces deux Franguis [1], qui voulaient faire la loi aux autres ; au lieu d'êtres mangées par les chats, elles furent étranglées par leurs propres sœurs.

On a beau aller loin pour éviter le péril : si on n'est modeste et sensé, on va chercher son malheur bien loin ; autant vaudrait-il le trouver chez soi.

FABLE 13.

L'assemblée des animaux pour choisir un roi.

Le lion étant mort, tous les animaux accoururent dans son antre, pour consoler la lionne sa veuve, qui faisait retentir de ses cris les montagnes et les forêts. Après lui avoir fait leurs compliments, ils commencèrent l'élection d'un roi : la couronne du défunt était au milieu de l'assemblée. Le lionceau était trop jeune et trop faible pour obtenir la royauté sur tant de fiers animaux. « Laissez-moi croître, disait-il ; je saurai bien régner et me faire craindre à mon tour. En attendant, je veux étudier l'histoire des belles actions de mon père, pour égaler un jour sa gloire. — Pour moi, dit le léopard, je prétends être couronné ; car je ressemble plus au lion que tous les autres prétendants. — Et

1. *Franguis, Frankis* ou *Francs*, nom donné aux Européens par les peuples orientaux.

moi, dit l'ours, je soutiens qu'on m'avait fait
une injustice quand on me préféra le lion ; je
suis fort, courageux, carnassier, tout autant
que lui ; et j'ai un avantage singulier, qui est
de grimper sur les arbres. — Je vous laisse à
juger, messieurs, dit l'éléphant, si quelqu'un
peut me disputer la gloire d'être le plus grand,
le plus fort et le plus brave de tous les animaux.
— Je suis le plus noble et le plus beau, dit le
cheval. — Et moi le plus fin, dit le renard. —
Et moi le plus léger à la course, dit le cerf.
— Où trouverez-vous, dit le singe, un roi plus
agréable et plus ingénieux que moi ? Je diver-
tirai chaque jour mes sujets : je ressemble
même à l'homme, qui est le véritable roi de la
nature. Le perroquet alors harangua ainsi :
« Puisque tu te vantes de ressembler à l'homme,
je puis m'en vanter aussi. Tu ne lui ressembles
que par ton laid visage, et par quelques grimaces ridicules : pour moi, je lui ressemble
par la voix, qui est la marque de la raison et
le plus bel ornement de l'homme. — Tais-toi,
maudit causeur, lui répondit le singe : tu parles,
mais non pas comme l'homme ; tu dis toujours
la même chose, sans entendre ce que tu dis. »
L'assemblée se moqua de ces deux mauvais
copistes de l'homme ; et on donna la couronne
à l'éléphant, parce qu'il a la force et la sagesse,
sans avoir ni la cruauté des bêtes furieuses, ni la
sotte vanité de tant d'autres qui veulent toujours
paraître ce qu'elles ne sont pas.

FABLE 14.

Le Singe.

Un vieux singe malin étant mort, son ombre descendit dans la sombre demeure de Pluton [1], où elle demanda à retourner parmi les vivants. Pluton voulait la renvoyer dans le corps d'un âne pesant et stupide, pour lui ôter sa souplesse, sa vivacité et sa malice : mais elle fit tant de tours plaisants et badins, que l'inflexible roi des enfers ne put s'empêcher de rire, et lui laissa le choix d'une condition. Elle demanda à entrer dans le corps d'un perroquet. Au moins, disait-elle, je conserverai par là quelque ressemblance avec les hommes, que j'ai si longtemps imités. Etant singe, je faisais des gestes comme eux ; et étant perroquet, je parlerai avec eux dans les plus agréables conversations. A peine l'âme du singe fut introduite dans ce nouveau corps, qu'une vieille femme causeuse l'acheta. Il fit ses délices ; elle le mit dans une belle cage. Il faisait bonne chère et discourait toute la journée avec la vieille radoteuse, qui ne parlait pas plus sensément que lui. Il joignait à son nouveau talent d'étourdir tout le monde je ne sais quoi de son ancienne profession : il remuait sa tête ridiculement ; il faisait craquer son bec ; il agitait

1. *Pluton*, frère de Jupiter, roi des enfers, lieux souterrains où les anciens plaçaient le séjour des âmes après la mort.

ses ailes de cent façons, et faisait de ses pattes plusieurs tours qui sentaient encore les grimaces de Fagotin [1]. La vieille prenait à toute heure ses lunettes pour l'admirer. Elle était bien fâchée d'être un peu sourde, et de perdre quelquefois des paroles de son perroquet, à qui elle trouvait plus d'esprit qu'à personne. Ce perroquet gâté devint bavard, importun et fou. Il se tourmenta si fort dans sa cage, et but tant de vin avec la vieille, qu'il en mourut. Le voilà revenu devant Pluton, qui voulut cette fois le faire passer dans le corps d'un poisson pour le rendre muet : mais il fit encore une farce devant le roi des ombres ; et les princes ne résistent guère aux demandes des mauvais plaisants qui les flattent. Pluton accorda donc à celui-ci qu'il irait dans le corps d'un homme. Mais comme le dieu eut honte de l'envoyer dans le corps d'un homme sage et vertueux, il le destina au corps d'un harangueur ennuyeux et importun, qui mentait, qui se vantait sans cesse, qui faisait des gestes ridicules, qui se moquait de tout le monde, qui interrompait les conversations les plus polies et les plus solides, pour dire des riens ou les sottises le plus grossières. Mercure [2], qui le reconnut dans ce nouvel état, lui dit en riant : « Ho ! ho ! je te reconnais : tu n'es qu'un composé du singe et du perroquet

1. *Fagotin*, singe habillé que les charlatans font voir avec eux sur les tréteaux.
2. *Mercure*, fils de Jupiter et de Maïa. C'était le messager des dieux ; il conduisait aux enfers les âmes des morts.

que j'ai vus autrefois. Qui t'ôterait tes gestes
et tes paroles apprises par cœur sans jugement,
ne laisserait rien de toi. D'un joli singe et d'un
bon perroquet, on n'en fait qu'un sot homme. »

Oh ! combien d'hommes dans le monde, avec
des gestes façonnés, un petit caquet et un air
capable, n'ont ni sens ni conduite !

FABLE 15.

Les deux Lionceaux.

Deux lionceaux avaient été nourris ensemble
dans la même forêt : ils étaient de même âge, de
même taille, de mêmes forces. L'un fut pris dans
de grands filets, à une chasse du grand Mogol [1] :
l'autre demeura dans des montagnes escarpées.
Celui qu'on a pris fut mené à la cour, où il
vivait dans les délices : on lui donnait chaque
jour une gazelle à manger; il n'avait qu'à dormir
dans une loge où on avait soin de le faire coucher
mollement. Un eunuque [2] blanc avait soin de
peigner deux fois le jour sa grande crinière dorée.
Comme il était apprivoisé, le roi même le cares-
sait souvent. Il était gras, poli, de bonne mine,
et magnifique; car il portait un collier d'or, et
on lui mettait aux oreilles des pendants garnis de
perles et de diamants : il méprisait tous les autres
lions qui étaient dans les loges voisines, moins

1. *Mogol*, nom d'un souverain de l'Indostan, pays
d'Asie.
2. *Eunuque*, esclave mutilé.

belles que la sienne, et qui n'étaient pas en faveur comme lui. Ces prospérités lui enflèrent le cœur ; il crut être un grand personnage, puisqu'on le traitait si honorablement. La cour où il brillait lui donna le goût de l'ambition ; il s'imaginait qu'il aurait été un héros, s'il eût habité les forêts. Un jour, comme on ne l'attachait plus à sa chaîne, il s'enfuit du palais, et retourna dans le pays où il avait été nourri. Alors le roi de toute la nation lionne venait de mourir, et on avait assemblé les états pour lui choisir un successeur. Parmi beaucoup de prétendants, il y en avait un qui effaçait tous les autres par sa fierté et par son audace ; c'était cet autre lionceau qui n'avait point quitté les déserts, pendant que son compagnon avait fait fortune à la cour. Le solitaire avait souvent aiguisé son courage par une cruelle faim ; il était accoutumé à ne se nourrir qu'au travers des plus grands périls et par des carnages ; il déchirait et troupeaux et bergers. Il était maigre, hérissé, hideux : le feu et le sang sortaient de ses yeux ; il était léger, nerveux, accoutumé à grimper, à s'élancer, intrépide contre les épieux et les dards. Les deux anciens compagnons demandèrent le combat, pour décider qui règnerait. Mais une vieille lionne, sage et expérimentée, dont toute la république respectait les conseils, fut d'avis de mettre d'abord sur le trône celui qui avait étudié la politique à la cour. Bien des gens murmuraient, disant qu'elle voulait qu'on préférât un personnage vain et voluptueux à un guerrier qui avait appris, dans la fatigue et dans les périls, à soutenir les grandes affaires. Cependant l'autorité de la vieille lionne prévalut : on mit sur le trône le lion de cour. D'abord il s'amollit dans les plaisirs ; il n'aima que le faste ; il usait de souplesse et de ruse pour cacher sa cruauté et sa tyrannie. Bientôt il fut haï, méprisé, détesté. Alors la vieille lionne dit : « Il est temps de le détrôner. Je savais bien qu'il était indigne d'être roi ; mais je voulais que vous en eussiez un gâté par la mollesse et par la politique, pour vous mieux faire sentir ensuite le prix d'un autre qui a mérité la royauté par sa patience et par sa valeur. C'est maintenant qu'il faut les faire combattre l'un contre l'autre. » Aussitôt on les mit dans un champ clos, où les deux champions servirent de spectacle à l'assemblée. Mais le spectacle ne fut pas long : le lion amolli tremblait et n'osait se présenter à l'autre ; il fuit honteusement et se cache ; l'autre le poursuit et lui insulte. Tous s'écrièrent : « Il faut l'égorger et le mettre en pièces. — Non, non, répond-il ; quand on a un ennemi si lâche, il y aurait de la lâcheté à le craindre. Je veux qu'il vive ; il ne mérite pas de mourir. Je saurai bien régner sans m'embarrasser de le tenir soumis. » En effet, le vigoureux lion régna avec sagesse et autorité. L'autre fut très-content de lui faire bassement sa cour, d'obtenir de lui quelques morceaux de chair, et de passer sa vie dans une oisiveté honteuse.

FABLE 16.

Les Abeilles et les Vers à soie.

Un jour les abeilles montèrent jusque dans l'Olympe [1] au pied du trône de Jupiter [2], pour le prier d'avoir égard au soin qu'elles avaient pris de son enfance, quand elles le nourrirent de leur miel sur le mont Ida [3]. Jupiter voulut leur accorder les premiers honneurs entre tous les petits animaux : mais Minerve [4], qui préside aux arts, lui représenta qu'il y avait une autre espèce qui disputait aux abeilles la gloire des inventions utiles. Jupiter voulut en savoir le nom. Ce sont les vers à soie, répondit-elle. Aussitôt le père des dieux ordonna à Mercure [5] de faire venir sur les ailes des doux zéphyrs des députés de ce petit peuple, afin qu'on pût entendre les raisons des deux parties. L'abeille, ambassadrice de sa nation, représenta la douceur du miel, qui est le nectar [6] des hommes ; son utilité, l'artifice avec lequel il est composé ; puis elle vanta la sagesse des lois qui policent la république volante des abeilles.

1. *Olympe*, mont de Thessalie (Turquie), séjour de Jupiter et de sa cour.
2. *Jupiter*, fils de Saturne et de Cybèle, roi du ciel et père des dieux.
3. *Ida*, montagne de l'île de Crète.
4. *Minerve*, fille de Jupiter, déesse de la sagesse et des arts.
5. *Mercure*, voy. p. 22, note 2.
6. *Nectar*, voy. p. 2.

« Nulle autre espèce d'animaux, disait l'orateur, n'a cette gloire, et c'est une récompense d'avoir nourri dans un antre le père des dieux. De plus, nous avons en partage la valeur guerrière, quand notre roi anime nos troupes dans les combats. Comment est-ce que ces vers, insectes vils et méprisables, oseraient nous disputer le premier rang? ils ne savent que ramper, pendant que nous prenons un noble essor, et que de nos ailes dorées nous montons jusque vers les astres. » Le harangueur des vers à soie répondit : « Nous ne sommes que de petits vers, et nous n'avons ni ce grand courage pour la guerre, ni ces sages lois; mais chacun de nous montre les merveilles de la nature, et se consume dans un travail utile. Sans lois, nous vivons en paix, et on ne voit jamais de guerres civiles chez nous, pendant que les abeilles s'entre-tuent à chaque changement de roi. Nous avons la vertu de Protée [1] pour changer de forme : tantôt nous sommes de petits vers composés de onze petits anneaux, entrelacés avec la variété des plus vives couleurs qu'on admire dans les fleurs d'un parterre. Ensuite nous filons de quoi vêtir les hommes les plus magnifiques jusque sur le trône, et de quoi orner les temples des dieux. Cette parure si belle et si durable vaut bien du miel qui se corrompt bientôt. Enfin, nous nous transformons en fève, mais en fève qui sent, qui se meut, et qui montre

---

1. *Protée*, fils de Téthys et de l'Océan, gardait les troupeaux de Neptune. Il pouvait prendre toutes les formes qu'il voulait, et avait la connaissance de l'avenir.

toujours de la vie. Après ces prodiges, nous de-
venons tout à coup des papillons avec l'éclat des
plus riches couleurs. C'est alors que nous ne cé-
dons plus aux abeilles pour nous élever d'un vol
hardi jusque vers l'Olympe. Jugez maintenant,
ô père des dieux. » Jupiter, embarrassé pour
la décision, déclara enfin que les abeilles tien-
draient le premier rang, à cause des droits
qu'elles avaient acquis depuis les anciens temps.
« Quel moyen, dit-il, de les dégrader ? je leur ai
trop d'obligation ; mais je crois que les hommes
doivent encore plus aux vers à soie. ».

FABLE 17.

Le Rossignol et la Fauvette.

Sur les bords toujours verts du fleuve Alphée [1],
il y a un bocage sacré, où trois naïades [2] ré-
pandent à grand bruit leurs eaux claires, et arrosent les fleurs naissantes : les Grâces [3] y vont
souvent se baigner. Les arbres de ce bocage ne
sont jamais agités par les vents, qui les res-
pectent ; ils sont seulement caressés par le souffle
des doux zéphyrs. Les nymphes et les faunes [4] y
font, la nuit, des danses au son de la flûte de

1. *Alphée*, fleuve de l'Elide (Péloponnèse, Morée).
2. *Naïades*, nymphes qui présidaient aux fontaines et
aux fleuves.
3. *Grâces*. Voy. page 11, note 1.
4. *Faunes*, dieux champêtres, représentés moitié hommes,
moitié chèvres.

Pan [1]. Le soleil ne saurait percer de ses rayons l'ombre épaisse que forment les rameaux entrelacés de ce bocage. Le silence, l'obscurité et la délicieuse fraîcheur y règnent le jour comme la nuit. Sous ce feuillage, on entend Philomèle [2] qui chante d'une voix plaintive et mélodieuse ses anciens malheurs, dont elle n'est pas encore consolée. Une jeune fauvette, au contraire, y chante ses plaisirs, et elle annonce le printemps à tous les bergers d'alentour. Philomèle même est jalouse des chansons tendres de sa compagne. Un jour, elles aperçurent un jeune berger qu'elles n'avaient point encore vu dans ces bois ; il leur parut gracieux, noble, aimant les muses [3] et l'harmonie : elles crurent que c'était Apollon [4], tel qu'il fut autrefois chez le roi Admète, ou du moins quelque jeune héros du sang de ce dieu.

Les deux oiseaux, inspirés par les muses, commencèrent aussitôt à chanter ainsi : « Quel est donc ce berger, ou ce dieu inconnu qui vient orner notre bocage ? Il est sensible à nos chansons ; il aime la poésie : elle adoucira son

1. *Pan*, dieu des bergers et des troupeaux.
2. *Philomèle*, fille du roi d'Athènes Pandion ; attirée par Térée, roi de Thrace, qui l'enferma et lui coupa la langue, elle fut métamorphosée en rossignol, auquel on donne son nom.
3. Les *Muses*, neuf déesses des sciences et des arts, filles de Jupiter et de Mnémosyne, et sœurs d'Apollon.
4. *Apollon*, dieu de la lumière, de la médecine, des arts et de la poésie. Chassé du ciel pour avoir tué les Cyclopes, il se retira chez Admète, roi de Thessalie, dont il garda les troupeaux.

cœur, et le rendra aussi aimable qu'il est fier. »

Alors Philomèle continua seule : « Que ce jeune héros croisse en vertu, comme une fleur que le printemps fait .éclore! Qu'il aime les doux jeux de l'esprit! Que les grâces soient sur ses lèvres! Que la sagesse de Minerve [1] règne dans son cœur. »

La fauvette lui répondit : « Qu'il égale Orphée [2] par les charmes de sa voix, et Hercule [3] par ses hauts faits! Qu'il porte dans son cœur l'audace d'Achille [4], sans en avoir la férocité! Qu'il soit bon, qu'il soit sage, bienfaisant, tendre pour tous les hommes, et aimé d'eux! Que les muses fassent naître en lui toutes les vertus! »

Puis les deux oiseaux inspirés reprirent ensemble : « Il aime nos douces chansons : elles entrent dans son cœur, comme la rosée tombe sur nos gazons brûlés par le soleil. Que les dieux le modèrent, et le rendent toujours fortuné! Qu'il tienne en sa main la corne

1. *Minerve*, voy. p. 26, n. 4.
2. *Orphée*, fils d'Apollon et de Clio, jouait si bien de la lyre, que les arbres et les rochers quittaient leur place, les fleuves suspendaient leur cours, les bêtes féroces s'attroupaient autour de lui, pour l'entendre.
3. *Hercule*, voy. p. 10, n. 2.
4. *Achille*, fameux guerrier des Grecs qui assiégèrent Troie ; il était fils de Thétis et de Pélée. Il avait deux coursiers immortels nommés *Xanthos* et *Balios*, don de Neptune.

d'abondance ¹ ! Que l'âge d'or revienne par
lui ! Que la sagesse se répande de son cœur
sur tous les mortels, et que les fleurs naissent
sous ses pas ! »

Pendant qu'elles chantèrent, les zéphyrs re-
tinrent leurs haleines ; toutes les fleurs du bocage
s'épanouirent ; les ruisseaux formés par les trois
fontaines suspendirent leur cours ; les satyres ²
et les faunes, pour mieux écouter, dressaient
leurs oreilles aiguës ; Echo ³ redisait ces belles paroles à tous les rochers d'alentour ; et toutes les
dryades ⁴ sortirent du sein des arbres verts pour
admirer celui que Philomèle et sa compagne
venaient de chanter.

FABLE 18.

Le Nil et le Gange.

Un jour deux fleuves, jaloux l'un de l'autre,
se présentèrent à Neptune ⁵ pour disputer le
premier rang. Le dieu était sur un trône d'or au

1. L'*Abondance* était représentée par une jeune fille, tenant à la main une corne remplie de fruits et de fleurs.
2. Les *satyres*, dieux des forêts, étaient des monstres
moitié hommes, moitié chèvres, avec des cornes.
3. *Echo*, nymphe, fille de l'Air et de la Terre, ne répétait que les dernières paroles de ceux qui l'interro-
geaient.
4. Les *dryades*, nymphes des bois, naissaient et mou-
raient avec les arbres d'où dépendait leur destinée.
5. *Neptune*, fils de Saturne, frère de Jupiter et dieu des
mers.

milieu d'une grotte profonde. La voûte était de pierres ponces, mêlées de rocailles et de conques marines. Les eaux immenses venaient de tous côtés, et se suspendaient en voûte au-dessus de la tête du dieu. Là paraissaient le vieux Nérée [1], ridé et courbé comme Saturne [2]; le grand Océan [3], père de tant de nymphes; Téthys pleine de charmes; Amphitrite [4] avec le petit Palémon [5]; Ino et Mélicerte; la foule des jeunes Néréides couronnées de fleurs. Protée [6] même y était accouru avec ses troupeaux marins, qui, de leurs vastes narines ouvertes, avalaient l'onde amère pour la revomir comme des fleuves rapides qui tombent des rochers escarpés. Toutes les petites fontaines transparentes, les ruisseaux bondissants et écumeux, les fleuves qui arrosent la terre, les mers qui l'environnent, venaient apporter le tribut de leurs eaux dans le sein immobile du souverain père des ondes. Les deux fleuves, dont l'un est le Nil [7] et l'autre le Gange,

1. *Nérée*, dieu marin, fils de l'Océan et de Téthys, et père des Néréides.
2. *Saturne* ou le *Temps*, fils de Cœlus ou le Ciel et père de Jupiter. Il est représenté sous la figure d'un vieillard tenant une faux.
3. L'*Océan*, fils du Ciel et de Vesta, père des nymphes dites Océanides.
4. *Amphitrite*, fille de l'Océan et de Doris, déesse de la mer, et femme de Neptune.
5. *Palémon* et *Mélicerte* sont le même, fils d'Ino, fille de Cadmus; elle se précipita dans la mer avec son fils. Neptune les changea en divinités de la mer.
6. *Protée*, voy. p. 27.
7. Le *Nil*, fleuve d'Afrique, se jette par plusieurs bou-

s'avancent. Le Nil tenait dans sa main une palme, et le Gange, ce roseau indien dont la moelle rend un suc si doux que l'on nomme sucre. Ils étaient couronnés de jonc. La vieillesse des deux était également majestueuse et vénérable. Leurs corps nerveux étaient d'une vigueur et d'une noblesse au-dessus de l'homme. Leur barbe, d'un vert bleuâtre, flottait jusqu'à leur ceinture ; leurs yeux étaient vifs et étincelants, malgré un séjour si humide. Leurs sourcils épais et mouillés tombaient sur leurs paupières. Ils traversent la foule des monstres marins ; les troupeaux de tritons [1] folâtres sonnaient de la trompette avec leurs conques recourbées ; les dauphins s'élevaient au-dessus de l'onde, qu'ils faisaient bouillonner par les mouvements de leurs queues, et ensuite se replongeaient dans l'eau avec un bruit effroyable, comme si les abîmes se fussent ouverts.

Le Nil parla le premier ainsi : « O grand fils de Saturne, qui tenez le vaste empire des eaux, compatissez à ma douleur ; on m'enlève injustement la gloire dont je jouis depuis tant de siècles : un nouveau fleuve, qui ne coule qu'en des pays barbares, ose me disputer le premier rang. Avez-vous oublié que la terre d'Egypte, fertilisée par mes eaux, fut l'asile des dieux quand les géants

ches dans la Méditerranée, après avoir traversé l'Abyssinie, la Nubie et l'Egypte, qu'il fertilise par ses inondations. Le *Gange* est un grand fleuve de l'Indostan (Asie).

1. *Tritons*, dieux marins moitié hommes et moitié poissons. Ils ont à la main une conque en forme de trompette.

voulurent escalader l'Olympe ? C'est moi qui donne à cette terre son prix : c'est moi qui fais l'Egypte si délicieuse et si puissante. Mon cours est immense : je viens de ces climats brûlants dont les mortels n'osent approcher ; et quand Phaéton [1], sur le char du Soleil, embrasait les terres, pour l'empêcher de faire tarir mes eaux, je cachai si bien ma tête superbe, qu'on n'a point encore pu, depuis ce temps-là, découvrir où est ma source et mon origine [2]. Au lieu que les débordements déréglés des autres fleuves ravagent les campagnes, le mien, toujours régulier, répand l'abondance dans ces heureuses terres d'Egypte, qui sont plutôt un beau jardin qu'une campagne. Mes eaux dociles se partagent en autant de canaux qu'il plaît aux habitants, pour arroser leurs terres et pour faciliter leur commerce. Tous mes bords sont pleins de villes, et on en compte jusques à vingt mille dans la seule Egypte. Vous savez que mes catadoupes ou cataractes [3] font une chute merveilleuse de toutes mes eaux de certains rochers en bas, au-dessus des plaines d'Egypte. On dit même que le bruit de mes eaux, dans cette chute, rend sourds tous les habitants du pays. Sept bouches différentes apportent mes

1. *Phaéton*, fils d'Apollon et de Clymène, obtint de son père de conduire le char du Soleil pendant un jour. Le désordre qu'il causa par son entreprise téméraire fut cause qu'il périt foudroyé par Jupiter.
2. On ne connaît pas bien la source du Nil ; on présume qu'il sort des monts de la Lune.
3. *Cataracte*, chute des eaux d'une grande rivière qui se précipite d'un lieu fort élevé.

eaux dans votre empire, et le Delta [1] qu'elles forment est la demeure du plus sage, du plus savant, du mieux policé et du plus ancien peuple de l'univers : il compte beaucoup de milliers d'années dans son histoire et dans la tradition de ses prêtres. J'ai donc pour moi la longueur de mon cours, l'ancienneté de mes peuples, les merveilles des dieux accomplies sur mes rivages, la fertilité des terres par mes inondations, la singularité de mon origine inconnue. Mais pourquoi raconter tous mes avantages contre un adversaire qui en a si peu ? Il sort des terres sauvages et glacées des Scythes [2], se jette dans une mer qui n'a aucun commerce qu'avec des barbares ; ces pays ne sont célèbres que pour avoir été subjugués par Bacchus [3], suivi d'une troupe de femmes ivres et échevelées, dansant avec des thyrses [4] en main. Il n'a sur ses bords ni peuples polis et savants, ni villes magnifiques, ni monuments de la bienveillance des dieux : c'est un nouveau venu qui se vante sans preuve. O puissant dieu qui commandez aux vagues et aux tempêtes, confondez sa témérité ! »

« C'est la vôtre qu'il faut confondre, répliqua

1. *Delta*, île triangulaire formée par deux bras du Nil.
2. *Scythes*, anciens peuples du nord de l'Asie. Le Gange sort de l'Himalaya, mont qui est entre l'Inde et la Tartarie.
3. *Bacchus*, dieu du vin, fils de Jupiter et de Sémélé, fille de Cadmus et d'Harmonia.
4. *Thyrse*, pique entourée de pampres et de lierre, et terminée par une pomme de pin ; arme des bacchantes, prêtresses de Bacchus.

alors le Gange. Vous êtes, il est vrai, plus an-
ciennement connu ; mais vous n'existiez pas avant
moi. Comme vous, je descends de hautes montagnes, je parcours de vastes pays, je reçois le
tribut de beaucoup de rivières, je me rends par
plusieurs bouches dans le sein des mers, et je
fertilise les plaines que j'inonde. Si je voulais, à
votre exemple, donner dans le merveilleux, je
dirais, avec les Indiens, que je descends du ciel,
et que mes eaux bienfaisantes ne sont pas moins
salutaires à l'âme qu'au corps. Mais ce n'est pas
devant le dieu des fleuves et des mers qu'il faut
se prévaloir de ces prétentions chimériques. Créé
cependant quand le monde sortit du chaos ¹, plusieurs écrivains me font naître dans le jardin de
délices ² qui fut le séjour du premier homme.
Mais ce qu'il y a de certain, c'est que j'arrose
encore plus de royaumes que vous ; c'est que je
parcours des terres aussi riantes et aussi fécondes;
c'est que je roule cette poudre d'or si recherchée,
et peut-être si funeste au bonheur des hommes;
c'est qu'on trouve sur mes bords des perles, des
diamants, et tout ce qui sert à l'ornement des
temples et des mortels ; c'est qu'on voit sur mes
rives des édifices superbes, et qu'on y célèbre
de longues et magnifiques fêtes. Les Indiens,
comme les Egyptiens, ont aussi leurs antiquités,
leurs métamorphoses, leurs fables; mais ce qu'ils
ont de plus qu'eux, ce sont d'illustres gymnoso-

1. *Chaos*, confusion où se trouvaient toutes choses avant
la création.
2. L'*Eden* ou paradis terrestre.

phistes [1] , des philosophes éclairés. Qui de vos prêtres si renommés pourriez-vous comparer au fameux Pilpay [2] ? Il a enseigné aux princes les principes de la morale et l'art de gouverner avec justice et bonté. Ses apologues ingénieux ont rendu son nom immortel ; on les lit, mais on n'en profite guère dans les Etats que j'enrichis : et ce qui fait notre honte à tous les deux, c'est que nous ne voyons sur nos bords que des princes malheureux, parce qu'il n'aiment que les plaisirs et une autorité sans bornes ; c'est que nous ne voyons, dans les plus belles contrées du monde, que des peuples misérables, parce qu'ils sont presque tous esclaves, presque tous victimes des volontés arbitraires et de la cupidité insatiable des maîtres qui les gouvernent, ou plutôt qui les écrasent. A quoi me servent donc et l'antiquité de mon origine, et l'abondance de mes eaux, et tout le spectacle des merveilles que j'offre au navigateur ? Je ne veux ni les honneurs ni la gloire de la préférence, tant que je ne contribuerai pas plus au bonheur de la multitude, tant que je ne servirai qu'à entretenir la mollesse ou l'avidité de quelques tyrans fastueux et inappliqués. Il n'y a rien de grand, rien d'estimable, que ce qui est utile au genre humain. »

Neptune et l'assemblée des dieux marins applaudirent au discours du Gange, louèrent sa

1. *Gymnosophistes*, philosophes indiens qui s'abstenaient de vêtements, de viandes, de plaisirs, et se livraient à l'étude de la nature.

2. *Pilpay*, philosophe ou brahmane indien.

2. *Fabl. de Fénelon.* 3

tendre compassion pour l'humanité vexée et souffrante. Ils lui firent espérer que, d'une autre
partie du monde, il se transporterait dans l'Inde
des nations policées et humaines, qui pourraient
éclairer les princes sur leur vrai bonheur, et leur
faire comprendre qu'il consiste principalement,
comme il le croyait avec tant de vérité, à rendre
heureux tous ceux qui dépendent d'eux et à les
gouverner avec sagesse et modération.

FABLE 19.

Le jeune prince.

Le Soleil, ayant laissé le vaste tour du ciel en
paix, avait fini sa course et plongé ses chevaux
fougueux dans le sein des ondes de l'Hespérie [1].
Le bord de l'horizon était encore rouge comme
la pourpre, et enflammé des rayons ardents
qu'il y avait répandus sur son passage. La brû-
lante canicule [2] desséchait la terre ; toutes les
plantes altérées languissaient ; les fleurs ternies
penchaient leurs têtes, et leurs tiges malades
ne pouvaient plus les soutenir : les zéphyrs
mêmes retenaient leurs douces haleines, l'air
que les animaux respiraient était semblable à

1. *Hespérie.* Les Romains donnaient ce nom à l'Espagne,
qui était à leur couchant, de *Hesper* ou *Vesper*, étoile du
soir ou de Vénus, qui paraît au couchant.
2. *Canicule*, constellation du grand Chien, qui se lève
et se couche avec le soleil en juillet et août, temps de grande
chaleur.

2.

de l'eau tiède. La nuit, qui répand avec ses ombres une douce fraîcheur, ne pouvait tempérer la chaleur dévorante que le jour avait causée : elle ne pouvait verser sur les hommes abattus et défaillants, ni la rosée qu'elle fait distiller quand Vesper [1] brille à la queue des autres étoiles, ni cette moisson de pavots qui font sentir les charmes du sommeil à toute la nature fatiguée. Le Soleil seul, dans le sein de Téthys [2], jouissait d'un profond repos ; mais ensuite, quand il fut obligé de remonter sur son char attelé par les Heures et devancé par l'Aurore qui sème son chemin de roses, il aperçut tout l'Olympe couvert de nuages ; il vit les restes d'une tempête qui avait effrayé les mortels pendant toute la nuit. Les nuages étaient encore empestés de l'odeur des vapeurs soufrées qui avaient allumé les éclairs et fait gronder le menaçant tonnerre ; les vents séditieux, ayant rompu leurs chaînes et forcé leurs cachots profonds, mugissaient encore dans les vastes plaines de l'air ; des torrents tombaient des montagnes dans tous les vallons. Celui dont l'œil plein de rayons anime toute la nature voyait de toutes parts, en se levant, le reste d'un cruel orage : mais, ce qui l'émut davantage, il vit un jeune nourrisson des Muses qui lui était fort cher, à qui la tempête avait dérobé le sommeil lorsqu'il commençait déjà à

1. *Vesper*, étoile du soir.
2. *Téthys*, voy. p. 15, n. 4.

étendre ses sombres ailes sur ses paupières [1].
Il fut sur le point de ramener ses chevaux en
arrière et de retarder le jour, pour rendre le
repos à celui qui l'avait perdu. « Je veux, dit-
il, qu'il dorme : le sommeil rafraîchira son
sang, apaisera sa bile, lui donnera la santé et
la force dont il aura besoin pour imiter les travaux d'Hercule ; lui inspirera je ne sais quelle
douceur tendre qui pourrait seule lui manquer.
Pourvu qu'il dorme, qu'il rie, qu'il adoucisse
son tempérament, qu'il aime les jeux de la société, qu'il prenne plaisir à aimer les hommes
et à se faire aimer d'eux, toutes les grâces de
l'esprit et du corps viendront en foule pour
l'orner.

FABLE 20.

Le jeune Bacchus et le Faune.

Un jour, le jeune Bacchus [2], que Silène [3] in-
struisait, cherchait les Muses [4] dans un bocage
dont le silence n'était troublé que par le bruit
des fontaines et par le chant des oiseaux. Le
soleil n'en pouvait, avec ses rayons, percer la

1. Selon la Fable, le dieu du sommeil, Morphée, endort
ainsi les hommes.
2. *Bacchus*, dieu du vin, était fils de Jupiter et de Sémélé, fille de Cadmus et d'Harmonia.
3. *Silène*, vieux satyre, père nourricier et compagnon
de Bacchus.
4. *Muses*, voy. p. 29, n. 3.

sombre verdure. L'enfant de Sémélé, pour étudier la langue des dieux, s'assit dans un coin
au pied d'un vieux chêne, du tronc duquel plusieurs hommes de l'âge d'or étaient nés. Il
avait même autrefois rendu des oracles [1], et le
Temps n'avait osé l'abattre de sa tranchante
faux. Auprès de ce chêne sacré et antique se
cachait un jeune faune [2], qui prêtait l'oreille aux
vers que chantait l'enfant, et qui marquait à
Silène, par un ris moqueur, toutes les fautes
que faisaient son disciple. Aussitôt les naïades [3]
et les autres nymphes du bois souriaient aussi.
Ce critique était jeune, gracieux et folâtre; sa
tête était couronnée de lierre et de pampre; ses
tempes étaient ornées de grappes de raisin; de
son épaule gauche pendait sur son côté droit,
en écharpe, un feston de lierre : et le jeune
Bacchus se plaisait à voir ces feuilles consacrées
à sa divinité. Le faune était enveloppé au-dessous de la ceinture par la dépouille affreuse et
hérissée d'une jeune lionne qu'il avait tuée dans
les forêts. Il tenait dans sa main une houlette
courbée et noueuse. Sa queue paraissait derrière, comme se jouant sur son dos. Mais comme
Bacchus ne pouvait souffrir un rieur malin,
toujours prêt à se moquer de ses expressions
si elles n'étaient pures et élégantes, il lui dit

---

1. *Oracles*, réponses que les païens s'imaginaient recevoir de leurs dieux. Les chênes de la forêt de Dodone (ville
d'Epire), consacrée à Jupiter, rendaient des oracles.

2. *Faune*, voy. p. 28, n. 1.

3. *Naïades*, voy. p. 28, n. 2.

d'un ton fier et impatient : « Comment oses-tu
te moquer du fils de Jupiter ? » Le faune répondit sans s'émouvoir : « Hé ! comment le fils de
Jupiter ose-t-il faire quelque faute ? »

FABLE 21.

Chasse de Diane.

Il y avait dans le pays des Celtes [1], et assez
près du fameux séjour des druides [2], une sombre forêt dont les chênes, aussi anciens que la
terre, avaient vu les eaux du déluge, et conser-
vaient sous leurs épais rameaux une profonde
nuit au milieu du jour. Dans cette forêt reculée
était une belle fontaine plus claire que le cristal,
et qui donnait son nom au lieu où elle coulait.
Diane [3] allait souvent percer de ses traits des
cerfs et des daims dans cette forêt pleine de rochers escarpés et sauvages. Après avoir chassé
avec ardeur, elle allait se plonger dans les eaux
pures de la fontaine, et la naïade [4] se glorifiait
de faire les délices de la déesse et de toutes les
nymphes. Un jour, Diane chassa en ces lieux un
sanglier plus grand et plus furieux que celui de

1. *Celtes*, un des anciens et principaux peuples de la
Gaule.
2. Les *druides*, prêtres et philosophes des Gaulois.
3. *Diane*, sœur d'Apollon, fille de Jupiter et de Latone.
C'était la déesse de la chasse.
4. *Naïade*, v. p. 28, n. 2.

Calydon [1]. Son dos était armé d'une soie dure, aussi hérissée et aussi horrible que les piques d'un bataillon. Ses yeux étincelants étaient pleins de sang et de feu. Il jetait d'une gueule béante et enflammée une écume mêlée d'un sang noir. Sa hure monstrueuse ressemblait à la proue recourbée d'un navire. Il était sale et couvert de la boue de sa bauge, où il s'était vautré. Le souffle brûlant de sa gueule agitait l'air tout autour de lui, et faisait un bruit effroyable. Il s'élançait rapidement comme la foudre ; il renversait les moissons dorées, et ravageait toutes les campagnes voisines : il coupait les hautes tiges des arbres·les plus durs, pour aiguiser ses défenses contre leurs troncs. Ces défenses étaient aiguës et tranchantes comme les glaives recourbés des Perses. Les laboureurs épouvantés se réfugiaient dans leurs villages. Les bergers, oubliant leurs faibles troupeaux errants dans les pâturages, couraient vers leurs cabanes. Tout était consterné ; les chasseurs mêmes, avec leurs dards et leurs épieux, n'osaient entrer dans la forêt. Diane seule, ayant pitié de ce pays, s'avance avec son carquois doré et ses flèches. Une troupe de nymphes la suit, et elle les surpasse de toute la tête. Elle est dans sa course plus légère que les zéphyrs, et plus prompte que les éclairs. Elle atteint le monstre furieux, le perce d'une de ses flèches au-dessous

1. *Calydon*, ville et forêt d'Étolie (Livadie, Turquie mérid.), où Méléagre, fils d'Œnée, roi de Calydon, et d'Althée, tua un sanglier monstrueux.

de l'oreille, à l'endroit où l'épaule commence. Le voilà qui se roule dans les flots de son sang : il pousse des cris dont toute la forêt retentit, et montre en vain ses défenses prêtes à déchirer ses ennemis. Les nymphes en frémissent. Diane seule s'avance, met le pied sur sa tête, et enfonce son dard ; puis, se voyant rougie du sang de ce sanglier, qui avait rejailli sur elle, elle se baigne dans la fontaine, et se retire charmée d'avoir délivré les campagnes de ce monstre.

FABLE 22.

Le départ de Lycon.

Quand la Renommée [1], par le son éclatant de sa trompette, eut annoncé aux divinités rustiques et aux bergers du Cynthe [2] le départ de Lycon, tous ces bois si sombres retentirent de plaintes amères. Echo [3] les répétait tristement à tous les vallons d'alentour. On n'entendait plus le doux son de la flûte ni celui du hautbois. Les bergers mêmes, dans leur douleur, brisaient leurs chalumeaux. Tout languissait : la tendre verdure des arbres commençait à s'effacer : le ciel, jusqu'alors si serein, se chargeait de noires tempêtes ; les cruels aquilons [4] fai-

1. La *Renommée*, divinité allégorique dont les poëtes font un monstre difforme couvert d'yeux et d'oreilles, à la voix de tonnerre.
2. Le *Cynthe*, montagne de l'île de Délos.
3. *Echo*, voy. p. 31.
4. L'*aquilon*, vent du nord.

saient déjà frémir les bocages comme en hiver. Les divinités même les plus champêtres ne furent pas insensibles à cette perte : les dryades [1] sortaient des troncs creux des vieux chênes, pour regretter Lycon. Il se fit une assemblée de ces tristes divinités autour d'un grand arbre qui élevait ses branches vers les cieux, et qui couvrait de son ombre épaisse la terre sa mère, depuis plusieurs siècles. Hélas ! autour de ce vieux tronc noueux et d'une grosseur prodigieuse, les nymphes de ce bois, accoutumées à faire leurs danses et leurs jeux folâtres, vinrent raconter leur malheur. « C'en est fait, disaient-elles, nous ne reverrons plus Lycon ; il nous quitte ; la fortune ennemie nous l'enlève : il va être l'ornement et les délices d'un autre bocage plus heureux que le nôtre. Non, il n'est plus permis d'espérer d'entendre sa voix, ni de le voir tirant de l'arc, et perçant de ses flèches les plus rapides oiseaux. » Pan [2] lui-même accourut ayant oublié sa flûte; les faunes et les satyres suspendirent leurs danses. Les oiseaux mêmes ne chantaient plus : on n'entendait que les cris affreux des hiboux et des autres oiseaux de mauvais présage. Philomèle [3] et ses compagnes gardaient un morne silence. Alors Flore et Pomone [4] parurent tout à coup, d'un air riant, au milieu du bocage, se tenant par la

1. *Dryades*, voy. p. 31, n. 4.
2. *Pan*, voy. p. 29 ; *faunes*, p. 28 ; *satyres*, p. 31.
3. *Philomèle*, voy. p. 29.
4. *Flore*, déesse des fleurs ; *Pomone*, déesse des fruits.

* 3

main : l'une était couronnée de fleurs, et en faisait naître sous ses pas, empreints sur le gazon; l'autre portait, dans une corne d'abondance [1], tous les fruits que l'automne répand sur la terre pour payer l'homme de ses peines. « Consolez-vous, dirent-elles à cette assemblée de dieux consternés : Lycon part, il est vrai, mais il n'abandonne pas cette montagne consacrée à Apollon. Bientôt vous le reverrez ici cultivant lui-même nos jardins fortunés; sa main y plantera les verts arbustes, les plantes qui nourrissent l'homme, et les fleurs qui font ses délices. O aquilons, gardez-vous de flétrir jamais par vos souffles empestés ces jardins où Lycon prendra des plaisirs innocents. Il préfèrera la simple nature au faste et aux divertissements désordonnés; il aimera ces lieux; il les abandonne à regret. » A ces mots, la tristesse se change en joie : on chante les louanges de Lycon; on dit qu'il sera amateur des jardins, comme Apollon a été berger conduisant les troupeaux d'Admète : mille chansons divines remplissent le bocage; et le nom de Lycon passe de l'antique forêt jusque dans les campagnes les plus reculées. Les bergers les répètent sur leurs chalumeaux; les oiseaux mêmes, dans leurs doux ramages, font entendre je ne sais quoi qui ressemble au nom de Lycon. La terre se pare de fleurs et s'enrichit de fruits. Les jardins, qui attendent son retour, lui préparent les

---

1. *Abondance,* voy. p. 31, n. 1.

grâces du printemps et les magnifiques dons de
l'automne. Les seuls regards de Lycon, qu'il
jette encore de loin sur cette agréable montagne, la fertilisent. Là, après avoir arraché
les plantes sauvages et stériles ; il cueillera
l'olive et le myrte, en attendant que Mars [1] lui
fasse cueillir ailleurs des lauriers.

FABLE 23.

Aristée et Virgile.

Virgile [2], étant descendu aux enfers, entra
dans ces campagnes fortunées où les héros et les
hommes inspirés des dieux passent une vie
bienheureuse sur des gazons toujours émaillés
de fleurs et entrecoupés de mille ruisseaux.
D'abord le berger Aristée [3], qui était là au
nombre des demi-dieux, s'avança vers lui, ayant
appris son nom. « Que j'ai de joie, lui dit-il, de
voir un si grand poëte ! Vos vers coulent plus
doucement que la rosée sur l'herbe tendre ; ils
ont une harmonie si douce qu'ils attendrissent
le cœur, et qu'ils tirent les larmes des yeux.
Vous en avez fait, pour moi et pour mes abeilles,
dont Homère [4] même pourrait être jaloux : je

1. *Mars*, v. n. p. 10.
2. *Virgile*, fameux poëte latin du siècle d'Auguste.
3. *Aristée*, berger fils d'Apollon et de la nymphe Cyrène,
dont Virgile raconte l'histoire : il avait perdu ses abeilles par
la contagion, et les recouvra en faisant un sacrifice de tau-
reaux à Eurydice, qu'il avait offensée.
4. *Homère*, célèbre poëte grec.

vous dois, autant qu'au Soleil et à Cyrène, la gloire dont je jouis. Il n'y a pas encore longtemps que je les récitai, ces vers si tendres et si gracieux, à Linus [1], à Hésiode [2] et à Homère. Après les avoir entendus, ils allèrent tous trois boire de l'eau du fleuve Léthé [3] pour les oublier, tant ils étaient affligés de repasser dans leur mémoire des vers si dignes d'eux, qu'ils n'avaient pas faits. Vous savez que la nation des poëtes est jalouse. Venez donc parmi eux prendre votre place. — Elle sera bien mauvaise, cette place, répondit Virgile, puisqu'ils sont si jaloux. J'aurai de mauvaises heures à passer dans leur compagnie ; je vois bien que les abeilles n'étaient pas plus faciles à irriter que le cœur des poëtes. — Il est vrai, reprit Aristée ; ils bourdonnent comme les abeilles ; comme elles, ils ont un aiguillon perçant pour piquer tout ce qui enflamme leur colère. — J'aurai encore, dit Virgile, un autre grand homme à ménager ; c'est le divin Orphée [4]. Comment vivez-vous ensemble ? — Assez mal, répondit Aristée. Il est encore jaloux de sa femme, comme

1. *Linus*, fils d'Apollon et poëte, auteur de vers lyriques et de chansons.

2. *Hésiode*, poëte grec très-ancien, que quelques-uns font antérieur à Homère.

3. *Léthé*, fleuve des enfers, dont les eaux, bues par les ombres, leur procuraient l'oubli du passé.

4. *Orphée*, voy. p. 30, n. 2. Il alla chercher aux enfers sa femme Eurydice, qu'il reperdit en regardant si elle le suivait, contre la défense de Pluton.

les trois autres de la gloire des vers : mais pour vous, il vous recevra bien ; car vous l'avez traité honorablement, et vous avez parlé beaucoup plus sagement qu'Ovide [1] de sa querelle avec les femmes de Thrace qui le massacrèrent. Mais ne tardons pas davantage ; entrons dans ce petit bois sacré, arrosé de tant de fontaines plus claires que le cristal : vous verrez que toute la troupe sacrée se lèvera pour vous faire honneur. N'entendez-vous pas déjà la lyre d'Orphée? Ecoutez Linus qui chante le combat des dieux contre les géants. Homère se prépare à chanter Achille, qui venge la mort de Patrocle [2] par celle d'Hector. Mais Hésiode est celui que vous avez le plus à craindre ; car, de l'humeur dont il est, il sera bien fâché que vous ayez osé traiter avec tant d'élégance toutes les choses rustiques, qui ont été son partage. » A peine Aristée eut achevé ces mots, qu'ils arrivèrent dans cet ombrage frais où règne un éternel enthousiasme qui possède ces hommes divins. Tous se levèrent ; on fit asseoir Virgile, on le pria de chanter ses vers. Il les chanta d'abord avec modestie, et puis avec transport. Les plus jaloux sentirent malgré eux une douceur qui les ravissait. La lyre d'Orphée, qui avait enchanté les rochers et les bois, échappa de ses mains, et des larmes amères coulèrent de ses yeux. Homère oublia pour un

1. *Ovide,* poëte latin, célèbre par ses *Métamorphoses,* où il raconte la mort d'Orphée.
2. *Patrocle,* ami d'Achille. Il fut tué, au siége de Troie, par Hector, fils de Priam.

moment la magnificence rapide de l'Iliade [1]
et la variété agréable de l'Odyssée. Linus crut
que ces beaux vers avaient été faits par son père
Apollon; il était immobile, saisi et suspendu
par un si doux chant. Hésiode, tout ému, ne
pouvait résister à ce charme. Enfin, revenant
un peu à lui, il prononça ces paroles pleines de
jalousie et d'indignation : « O Virgile, tu as
fait des vers plus durables que l'airain et que le
bronze! Mais je te prédis qu'un jour on verra
un enfant qui les traduira en sa langue, et qui
partagera avec toi la gloire d'avoir chanté les
abeilles. »

FABLE 24.

Le berger Cléobule et la nymphe Phidile.

Un berger rêveur menait son troupeau sur les
rives fleuries du fleuve Achéloüs [2]. Les faunes
et les satyres [3] cachés dans les montagnes voisines, dansaient sur l'herbe au doux son de sa
flûte. Les naïades [4], cachées dans les ondes du
fleuve, levèrent leurs têtes au-dessus des ro-
seaux pour écouter ses chansons. Achéloüs lui-
même, appuyé sur son urne penchée, montra

1. L'*Iliade*, poëme d'Homère, sur la prise d'Ilion ou de
Troie; l'*Odyssée*, poëme du même auteur, sur le retour
d'Odysseus ou Ulysse, roi d'Ithaque, père de Télémaque.
2. *Achéloüs*, fleuve d'Acarnanie (Épire, Turquie), auj.
Aspro-potamo. Emb., mer Ionienne.
3. *Satyre*, voy. p. 31, n. 2.
4. *Naïades*, voy. p. 28, n. 2.

son front où il ne restait plus qu'une corne depuis son combat avec le grand Hercule [1] ; et cette mélodie suspendit pour un peu de temps les peines de ce dieu vaincu. Le berger était peu touché de voir ces naïades qui l'admiraient : il ne pensait qu'à la bergère Phidile, simple, naïve, sans aucune parure, à qui la fortune ne donna jamais d'éclat emprunté, et que les Grâces [2] seules avaient ornée et embellie de leurs propres mains. Elle sortait de son village, ne songeant qu'à faire paître ses moutons. Elle seule ignorait sa beauté. Toutes les autres bergères en étaient jalouses. Le berger l'aimait, et n'osait le lui dire. Ce qu'il aimait le plus en elle, c'était cette vertu simple et sévère qui écartait les amants, et qui fait le vrai charme de la beauté. Mais la passion ingénieuse fait trouver l'art de représenter ce qu'on n'oserait dire ouvertement : il finit donc toutes ses chansons les plus agréables, pour en commencer une qui pût toucher le cœur de cette bergère. Il savait qu'elle aimait la vertu des héros qui ont acquis de la gloire dans les combats : il chanta sous un nom supposé ses propres aventures ; car, en ce temps, les héros mêmes étaient bergers, et ne méprisaient point la houlette. Il chanta donc ainsi :

« Quand Polynice [3] alla assiéger la ville de

1. *Hercule*, voy. p. 10, n. 2.
2. *Grâces*, voy. p. 11, n. 1.
3. *Polynice* et *Étéocle*, étaient fils d'Œdipe, roi de Thèbes, et de Jocaste. A la mort d'Œdipe, ils devaient

Thèbes, pour renverser du trône son frère
Etéocle, tous les rois de la Grèce parurent sous
les armes, et poussaient leurs chariots contre
les assiégés. Adraste [1], beau-père de Polynice,
abattait les troupes de soldats et les capitaines,
comme un moissonneur, de sa faux tranchante,
coupe les moissons. D'un autre côté, le devin
Amphiaraüs [2], qui avait prévu son malheur,
s'avançait dans la mêlée, et fut tout à coup en-
glouti par la terre, qui ouvrit ses abîmes pour
le précipiter dans les sombres rives du Styx [3].
En tombant, il déplorait son infortune d'avoir eu
une femme infidèle. Assez près de là, on voyait
les deux frères fils d'OEdipe qui s'attaquaient
avec fureur : comme un léopard et un tigre qui
s'entre-déchirent dans les rochers du Caucase [4], ils se roulaient tous deux dans le sable,
chacun paraissant altéré du sang de son frère.
Pendant cet horrible spectacle, Cléobule, qui
avait suivi Polynice, combattit contre un vaillant Thébain que le dieu Mars [5] rendait presque

régner tour à tour. Etéocle ne voulant pas céder le trône,
Polynice vint assiéger Thèbes avec sept princes alliés dits
les Sept Chefs. Les deux frères se tuèrent l'un l'autre dans
un duel.

1. *Adraste*, roi d'Argos, avait marié sa fille *Argia* à
Polynice.

2. *Amphiaraüs*, fils d'Apollon et d'Hypermnestre. Sa
femme, gagnée par un collier d'or, révéla le lieu où il
s'était caché pour ne point partir.

3. *Styx*, fleuve qui faisait trois fois le tour des enfers.

4. *Caucase*, montagne d'Asie entre la mer Caspienne
et le Pont-Euxin (mer Noire).

5. *Mars*, voy. p. 10, n. 1.

invincible. La flèche du Thébain, conduite par le dieu, aurait percé le cou de Cléobule, qui se détourna promptement. Aussitôt Cléobule lui enfonça son dard jusqu'au fond des entrailles. Le sang du Thébain ruisselle, ses yeux s'éteignent, sa bonne mine et sa fierté le quittent; la mort efface ses beaux traits. Sa jeune épouse, du haut d'une tour, le vit mourant, et eut le cœur percé d'une douleur inconsolable. Dans son malheur je le trouve heureux d'avoir été aimé et plaint: je mourrais comme lui avec plaisir, pourvu que je pusse être aimé de même. A quoi servent la valeur et la gloire des plus fameux combats; à quoi servent la jeunesse et la beauté, quand on ne peut ni plaire ni toucher ce qu'on aime? »

La bergère, qui avait prêté l'oreille à une si tendre chanson, comprit que ce berger était Cléobule, vainqueur du Thébain. Elle devint sensible à la gloire qu'il avait acquise, aux grâces qui brillaient en lui, et aux maux qu'il souffrait pour elle. Elle lui donna sa main et sa foi. Un heureux hymen les joignit: bientôt leur bonheur fut envié des bergers d'alentour et des divinités champêtres. Ils égalèrent par leur union et par leur vie innocente, par leurs plaisirs rustiques, jusque dans une extrême vieillesse, la douce destinée de Philémon et de Baucis [1].

1. *Philémon* et *Baucis*, époux pauvres, reçurent bien Jupiter et Mercure, qui, visitant la Phrygie sans se faire

FABLE 25.

Prière indiscrète de Nélée, petit-fils de Nestor.

Entre tous les mortels qui avaient été aimés des dieux, nul ne leur avait été plus cher que Nestor [1] ; ils avaient versé sur lui leurs dons les plus précieux, la sagesse, la profonde connaissance des hommes, une éloquence douce et insinuante. Tous les Grecs l'écoutaient avec admiration ; et, dans une extrême vieillesse, il avait un pouvoir absolu sur les cœurs et sur les esprits. Les dieux, avant la fin de ses jours, voulurent lui accorder encore une faveur, qui fut de voir naître un fils de Pisistrate [2]. Quand il vint au monde, Nestor le prit sur ses genoux ; et, levant les yeux au ciel : « O Pallas [3] ! dit-il, vous avez comblé la mesure de vos bienfaits ; je n'ai plus rien à souhaiter sur la terre, sinon que vous remplissiez de votre esprit l'enfant que vous m'avez fait voir. Vous ajouterez, j'en suis sûr, puissante déesse, cette faveur à toutes

connaître, avaient été repoussés des autres habitants. Sauvés par ces dieux de l'inondation de leur pays, ils parvinrent à une extrême vieillesse, et furent ensemble changés en arbres. Ovide, *Métam.*, 48, 8 ; La Fontaine, à la suite du livre 12.

1. *Nestor,* fils de Nélée, fut un des rois qui vinrent au siége de Troie. Il était célèbre par sa sagesse et son éloquence.

2. *Pisistrate,* un des fils de Nestor.

3. *Pallas* est un des noms de Minerve, p. 26, n. 4.

celles que j'ai reçues de vous. Je ne demande
point de voir le temps où mes vœux seront
exaucés, la terre m'a porté trop longtemps;
coupez, fille de Jupiter, le fil de mes jours. »
Ayant prononcé ces mots, un doux sommeil se
répand sur ses yeux : il fut uni avec celui de la
mort; et, sans effort, sans douleur, son âme
quitta son corps glacé et presque anéanti par
trois âges d'homme qu'il avait vécu.

Ce petit-fils de Nestor s'appelait Nélée. Nestor, à qui la mémoire de son père avait toujours
été chère, voulut qu'il portât son nom. Quand
Nélée fut sorti de l'enfance, il alla faire un
sacrifice à Minerve dans un bois proche de la
ville de Pylos[1], qui était consacré à cette déesse.
Après que les victimes couronnées de fleurs
eurent été égorgées, pendant que ceux qui
l'avaient accompagné s'occupaient aux céré-
monies qui suivaient l'immolation, que les uns
coupaient du bois, que les autres faisaient sortir le feu des veines des cailloux, qu'on écorchait
les victimes et qu'on les coupait en plusieurs
morceaux; tous étant éloignés de l'autel, Nélée
était demeuré auprès. Tout d'un coup il entendit
la terre trembler; du creux des arbres sortaient
d'affreux mugissements; l'autel paraissait en
feu, et sur le haut des flammes parut une
femme d'un air si majestueux et si vénérable,
que Nélée en fut ébloui. Sa figure était au-
dessus de la forme humaine, ses regards étaient

1. *Pylos*, ville de Grèce dont Nestor était roi.

plus perçants que les éclairs : sa beauté n'avait rien de mou ni d'efféminé ; elle était pleine de grâces, et marquait de la force et de la vigueur. Nélée, ressentant l'impression de la divinité, se prosterne à terre ; tous ses membres se trouvent agités par un violent tremblement, son sang se glace dans ses veines, sa langue s'attache à son palais et ne peut plus proférer aucune parole ; il demeure interdit, immobile, et presque sans vie. Alors Pallas lui rend la force qui l'avait abandonné. « Ne craignez rien, lui dit cette déesse ; je suis descendue du haut de l'Olympe [1] pour vous témoigner le même amour que j'ai fait ressentir à votre aïeul Nestor : je mets votre bonheur dans vos mains : j'exaucerai tous vos vœux ; mais pensez attentivement à ce que vous me devez demander. » Alors Nélée, revenu de son étonnement et charmé par la douceur des paroles de la déesse, sentit au dedans de lui la même assurance que s'il n'eût été que devant une personne mortelle. Il était à l'entrée de la jeunesse : dans cet âge où les plaisirs qu'on commence à ressentir occupent et entraînent l'âme tout entière, on n'a point encore connu l'amertume, suite inséparable des plaisirs ; on n'a point encore été instruit par l'expérience. « O déesse ! s'écria-t-il, si je puis toujours goûter la douceur de la volupté, tous mes souhaits seront accomplis. » L'air de la déesse était auparavant gai et ouvert ; à ces mots, elle en prit

1. *Olympe*, voy. p. 26, n. 1.

_un froid et sérieux : « Tu ne comptes, lui dit-elle, que ce qui flatte les sens ; eh bien ! tu vas être rassasié des plaisirs que ton cœur désire. » La déesse aussitôt disparut. Nélée quitte l'autel et reprend le chemin de Pylos. Il voit sous ses pas naître et éclore des fleurs d'une odeur si délicieuse, que les hommes n'avaient jamais ressenti un si précieux parfum. Le pays s'embellit, et prend une forme qui charme les yeux de Nélée. La beauté des Grâces, compagnes de Vénus, se répand sur toutes les femmes qui paraissent devant lui. Tout ce qu'il boit devient nectar, tout ce qu'il mange devient ambroisie [1] : son âme se trouve noyée dans un océan de plaisirs. La volupté s'empare du corps de Nélée, il ne vit plus que pour elle ; il n'est plus occupé que d'un seul soin, qui est que les divertissements se succèdent toujours les uns aux autres, et qu'il n'y ait pas un seul moment où ses sens ne soient agréablement charmés. Plus il goûte les plaisirs, plus il les souhaite ardemment. Son esprit s'amollit et perd toute sa vigueur ; les affaires lui deviennent un poids d'une pesanteur horrible ; tout ce qui est sérieux lui donne un chagrin mortel. Il éloigne de ses yeux les sages conseillers qui avaient été formés par Nestor, et qui étaient regardés comme le plus précieux héritage que ce prince eût laissé à son petit-fils. La raison, les remontrances utiles,

---

1. *Ambroisie*, nourriture des dieux, dont la boisson était le *nectar*.

deviennent l'objet de son aversion la plus vive, et il frémit si quelqu'un ouvre la bouche devant lui pour lui donner un sage conseil. Il fait bâtir un magnifique palais, où on ne voit luire que l'or, l'argent et le marbre, où tout est prodigué pour contenter les yeux et appeler le plaisir. Le fruit de tant de soins pour se satisfaire, c'est l'ennui, l'inquiétude. A peine a-t-il ce qu'il souhaite, qu'il s'en dégoûte : il faut qu'il change souvent de demeure, qu'il coure sans cesse de palais en palais, qu'il abatte et qu'il réédifie. Le beau, l'agréable, ne le touchent plus; il lui faut du singulier, du bizarre, de l'extraordinaire : tout ce qui est naturel et simple lui paraît insipide; et il tombe dans un tel engourdissement, qu'il ne vit plus, qu'il ne sent plus que par secousse, par soubresaut. Pylos, sa capitale, change de face. On y aimait le travail, on y honorait les dieux, la bonne foi régnait dans le commerce, tout y était dans l'ordre; et le peuple même trouvait, dans les occupations utiles qui se succédaient sans l'accabler, l'aisance et la paix. Un luxe effréné prend la place de la décence et des vraies richesses : tout est prodigué aux vains agréments, aux commodités recherchées. Les maisons, les jardins, les édifices publics, changent de forme; tout y devient singulier; le grand, le majestueux, qui sont toujours simples, ont disparu. Mais ce qui est encore plus fâcheux, les habitants, à l'exemple de Nélée, n'aiment, n'estiment, ne recherchent que la volupté; on la poursuit aux dépens de l'innocence et de la

vertu ; on s'agite, on se tourmente, pour saisir
une ombre vaine et fugitive de bonheur, et on
en perd le repos et la tranquillité : personne n'est
content, parce qu'on veut l'être trop, parce
qu'on ne sait rien souffrir ni rien attendre.
L'agriculture et les autres arts utiles sont
devenus presque avilissants : ce sont ceux que
la mollesse a inventés qui sont en honneur, qui
mènent à la richesse, et auxquels on prodigue
les encouragements. Les trésors que Nestor et
Pisistrate avaient amassés, sont bientôt dissi-
pés ; les revenus de l'État deviennent la proie
de l'étourderie et de la cupidité. Le peuple murmure, les grands se plaignent, les sages seuls
gardent quelque temps le silence ; ils parlent
enfin, et leur voix respectueuse se fait entendre
à Nélée. Ses yeux s'ouvrent, son cœur s'attendrit. Il a encore recours à Minerve : il se plaint
à la déesse de sa facilité à exaucer ses vœux
téméraires ; il la conjure de retirer ses dons
perfides, il lui demande la sagesse et la justice.
« Que j'étais aveugle ! s'écria-t-il ; mais je connais mon erreur ; je déteste la faute que j'ai
faite, je veux la réparer, et chercher dans l'application à mes devoirs, dans le soin de soulager mon peuple, et dans l'innocence et la pureté
des mœurs, le repos et le bonheur que j'ai vai-
nement cherchés dans les plaisirs des sens. »

FABLE 26.

Histoire d'Alibée, Persan.

Schah-Abbas, roi de Perse [1], faisant un voyage, s'écarta de toute sa cour pour passer dans la campagne sans être connu, et pour y voir les peuples dans toute leur liberté naturelle. Il prit seulement avec lui un de ces courtisans. « Je ne connais point, lui dit le roi, les véritables mœurs des hommes ; tout ce qui nous aborde est déguisé ; c'est l'art, et non pas la nature simple, qui se montre à nous. Je veux étudier la vie rustique, et voir ce genre d'hommes qu'on méprise tant, quoiqu'ils soient le vrai soutien de toute la société humaine. Je suis las de voir des courtisans qui m'observent pour me surprendre en me flattant ; il faut que j'aille voir des laboureurs et des bergers qui ne me connaissent pas. » Il passa avec son confident au milieu de plusieurs villages où l'on faisait des danses ; et il était ravi de trouver loin des cours des plaisirs tranquilles et sans dépense. Il fit un repas dans une cabane ; et comme il avait grand'faim, après avoir marché plus qu'à l'ordinaire, les aliments grossiers qu'il y prit lui parurent plus agréables que tous les mets exquis

1. *Schah-Abbas* régna de 1589 à 1628, époque du règne de Henri IV en France. Ce fut un prince guerrier et bon administrateur, mais cruel.

de sa table. En passant dans une prairie semée
de fleurs, qui bordait un clair ruisseau, il
aperçut un jeune berger qui jouait de la flûte à
l'ombre d'un grand ormeau, auprès de ses
moutons paissants. Il l'aborde, il l'examine; il
lui trouve une physionomie agréable, un air
simple et ingénu, mais noble et gracieux. Les
haillons dont le berger était couvert ne dimi-
nuaient point l'éclat de sa beauté. Le roi crut
d'abord que c'était quelque personne de naissance illustre qui s'était déguisée : mais il apprit
du berger que son père et sa mère étaient dans
un village voisin, et que son nom était Alibée.
A mesure que le roi le questionnait, il admirait
en lui un esprit ferme et raisonnable. Ses yeux
étaient vifs, et n'avaient rien d'ardent ni de farouche; sa voix était douce, insinuante, et
propre à toucher; son visage n'avait rien de
grossier, mais ce n'était pas une beauté molle
et efféminée. Le berger, d'environ seize ans, ne
savait point qu'il fût tel qu'il paraissait aux
autres : il croyait penser, parler, être fait comme
tous les autres bergers de son village; mais,
sans l'éducation, il avait appris tout ce que la
raison fait apprendre à ceux qui l'écoutent. Le
roi, l'ayant entretenu familièrement, en fut
charmé : il sut de lui, sur l'état des peuples,
tout ce que les rois n'apprennent jamais d'une
foule de flatteurs qui les environnent. De temps
en temps, il riait de la naïveté de cet enfant, qui
ne ménageait rien dans ses réponses. C'était
une grande nouveauté pour le roi, que d'enten-

dre parler si naturellement : il fit signe au cour-
tisan qui l'accompagnait de ne point découvrir
qu'il était le roi, car il craignait qu'Alibée ne
perdît en un moment toute sa liberté et toutes
ses grâces, s'il venait à savoir devant qui il parlait. « Je vois bien, disait le prince au courti-
san, que la nature n'est pas moins belle dans les
plus basses conditions que dans les plus hautes.
Jamais enfant de roi n'a paru mieux né que
celui-ci, qui garde les moutons. Je me trouve-
rais trop heureux d'avoir un fils aussi beau,
aussi sensé et aussi aimable. Il me paraît propre
à tout, et si on a soin de l'instruire, ce sera
assurément un jour un grand homme : je veux
le faire élever auprès de moi. » Le roi emmena
Alibée, qui fut bien surpris d'apprendre à qui
il s'était rendu agréable. On lui fit apprendre à
lire, à écrire, à chanter, et ensuite on lui donna
des maîtres pour les arts et pour les sciences
qui ornent l'esprit. D'abord il fut un peu ébloui
de la cour, et son grand changement de fortune changea un peu son cœur. Son âge et sa
faveur, joints ensemble, altérèrent un peu sa
sagesse et sa modération. Au lieu de sa houlette, de sa flûte et de son habit de berger, il
prit une robe de pourpre brodée d'or, avec
un turban couvert de pierreries. Sa beauté
effaça tout ce que la cour avait de plus agréable.
Il se rendit capable des affaires les plus sé-
rieuses, et mérita la confiance de son maître,
qui, connaissant le goût exquis d'Alibée pour
toutes les magnificences d'un palais, lui donna

enfin une charge très-considérable en Perse,
qui est celle de garder tout ce que le prince a
de pierreries et de meubles précieux.

Pendant toute la vie du grand Schah-Abbas,
la faveur d'Alibée ne fit que croître. A mesure
qu'il s'avança dans un âge plus mûr, il se res-
souvint enfin de son ancienne condition, et souvent il la regrettait. « O beaux jours ! disait-il
à lui-même, jours innocents, jours où j'ai goûté
une joie pure et sans péril, jours depuis lesquels je n'en ai vu aucun de si doux, ne vous
reverrai-je jamais ! Celui qui m'a privé de vous
en me donnant tant de richesses, m'a tout ôté. »
Il voulut aller revoir son village ; il s'attendrit
dans tous les lieux où il avait autrefois dansé,
chanté, joué de la flûte avec ses compagnons.
Il fit quelque bien à tous ses parents et à tous
ses amis ; mais il leur souhaita pour principal
bonheur de ne quitter jamais la vie champêtre,
et de n'éprouver jamais les malheurs de la
cour.

Il les éprouva, ces malheurs ! Après la mort
de son bon maître Schah-Abbas, son fils Schah-
Séphi succéda à ce prince. Des courtisans envieux et pleins d'artifice trouvèrent moyen de
le prévenir contre Alibée. « Il a abusé, disaient-
ils, de la confiance du feu roi ; il a amassé des
trésors immenses, et a détourné plusieurs choses
d'un très-grand prix, dont il était dépositaire. »
Schah-Séphi était tout ensemble jeune et prince :
il n'en fallait pas tant pour être crédule, inap-
pliqué et sans précaution. Il eut la vanité de

vouloir paraître réformer ce que le roi son père avait fait, et juger mieux que lui. Pour avoir un prétexte de déposséder Alibée de sa charge, il lui demanda, selon le conseil de ses courtisans envieux, de lui apporter un cimeterre garni de diamants d'un prix immense, que le roi son grand-père avait accoutumé de porter dans les combats. Schah-Abbas avait fait autrefois ôter de ce cimeterre tous ces beaux diamants; et Alibée prouva, par de bons témoins, que la chose avait été faite par l'ordre du feu roi, avant que la charge eût été donné à Alibée. Quand les ennemis d'Alibée virent qu'ils ne pouvaient plus se servir de ce prétexte pour le perdre, ils conseillèrent à Schah-Séphi de lui commander de faire, dans quinze jours, un inventaire exact de tous les meubles précieux dont il était chargé. Au bout des quinze jours, il demanda à voir lui-même toutes choses. Alibée lui ouvrit toutes les portes, et lui montra tout ce qu'il avait en garde. Rien n'y manquait; tout était propre, bien rangé et conservé avec grand soin. Le roi, bien mécompté de trouver partout tant d'ordre et d'exactitude, était presque revenu en faveur d'Alibée, lorsqu'il aperçut, au bout d'une grande galerie pleine de meubles très-somptueux, une porte de fer qui avait trois grandes serrures. « C'est là, lui dirent à l'oreille les courtisans jaloux, qu'Alibée à caché toutes les choses précieuses qu'il vous a dérobées. » Aussitôt le roi en colère s'écria : « Je veux voir ce qui est au delà de cette porte. Qu'y avez-vous mis? montrez-le-moi. » A ces mots, Alibée se jeta à ses jenoux, le conjurant, au nom de Dieu, de ne pas lui ôter ce qu'il avait de plus précieux sur la terre. « Il n'est pas juste, disait-il, que je perde en un moment ce qui me reste, et qui fait ma ressource, après avoir travaillé tant d'années auprès du roi votre père. Ôtez-moi, si vous voulez, tout le reste; mais laissez-moi ceci. » Le roi ne douta point que ce ne fût un trésor mal-acquis qu'Alibée avait amassé. Il prit un ton plus haut, et voulut absolument qu'on ouvrît cette porte. Enfin Alibée, qui en avait les clefs, l'ouvrit lui-même. On ne trouva en ce lieu que la houlette, la flûte et l'habit de berger qu'Alibée avait porté autrefois, et qu'il revoyait souvent avec joie, de peur d'oublier sa première condition. « Voilà, dit-il, ô grand roi, les précieux restes de mon ancien bonheur; ni la fortune, ni votre puissance n'ont pu me les ôter. Voilà mon trésor, que je garde pour m'enrichir quand vous m'aurez fait pauvre. Reprenez tout le reste; laissez-moi ces chers gages de mon premier état. Les voilà, mes vrais biens qui ne manqueront jamais. Les voilà, ces biens simples, innocents, toujours doux à ceux qui savent se contenter du nécessaire et ne se tourmenter point pour le superflu. Les voilà, ces biens dont la liberté et la sûreté sont les fruits. Les voilà, ces biens qui ne m'ont jamais donné un moment d'embarras. O chers instruments d'une vie simple et heureuse! je n'aime que vous; c'est avec vous que je veux vivre et mourir.

*4

Pourquoi faut-il que d'autres biens trompeurs soient venus me tromper, et troubler le repos de ma vie? Je vous les rends, grand roi, toutes ces richesses qui me viennent de votre libéralité : je ne garde que ce que j'avais quand le roi votre père vint, par ses grâces, me rendre malheureux. » Le roi, entendant ces paroles, comprit l'innocence d'Alibée ; et, étant indigné contre les courtisans qui l'avaient voulu perdre, il les chassa d'auprès de lui. Alibée devint son principal officier, et fut chargé des affaires les plus secrètes. Mais il revoyait tous les jours sa houlette, sa flûte et son ancien habit, qu'il tenait toujours prêts dans son trésor, pour les reprendre dès que la fortune inconstante troublerait sa faveur. Il mourut dans une extrême vieillesse, sans avoir jamais voulu ni faire punir ses ennemis, ni amasser aucun bien, et ne laissant à ses parents que de quoi vivre dans la condition de bergers, qu'il crut toujours la plus sûre et la plus heureuse.

FABLE 27.

Histoire de Rosimond et de Braminte.

Il était une fois un jeune homme plus beau que le jour, nommé Rosimond, et qui avait autant d'esprit et de vertu que son frère aîné Braminte était mal fait, désagréable, brutal et méchant. Leur mère, qui avait horreur de son fils aîné, n'avait des yeux que pour voir le cadet. L'aîné, jaloux, invente une calomnie horrible pour perdre son frère. Il dit à son père que Rosimond allait souvent chez un voisin qui était son ennemi, pour lui rapporter tout ce qui se passait au logis, et pour lui donner le moyen d'empoisonner son père. Le père, fort emporté, battit cruellement son fils, le mit en sang, puis le tint trois jours en prison, sans nourriture, et enfin le chassa de sa maison en le menaçant de le tuer s'il revenait jamais. La mère, épouvantée, n'osa rien dire; elle ne fit que gémir. L'enfant s'en alla pleurant; et, ne sachant où se retirer, il traversa sur le soir un grand bois : la nuit le surprit au pied d'un rocher; il se mit à l'entrée d'une caverne, sur un tapis de mousse où coulait un clair ruisseau, et il s'y endormit de lassitude. Au point du jour, en s'éveillant, il vit une belle femme montée sur un cheval gris avec une housse en broderie d'or, qui paraissait aller à la chasse. « N'avez-vous point vu passer un cerf et des chiens? » lui dit-elle. Il répondit que non. Puis elle ajouta : « Il me semble que vous êtes affligé; qu'avez-vous? Tenez, lui dit-elle, voilà une bague qui vous rendra le plus heureux et le plus puissant des hommes, pourvu que vous n'en abusiez jamais. Quand vous tournerez le diamant en dedans, vous serez d'abord invisible; dès que vous le tournerez en dehors, vous paraîtrez à découvert. Quand vous mettrez l'anneau à votre petit doigt, vous paraîtrez le fils du roi, suivi de toute une cour magnifique;

quand vous le mettrez au quatrième doigt, vous paraîtrez dans votre figure naturelle. » Aussitôt le jeune homme comprit que c'était une fée qui lui parlait. Après ces paroles, elle s'enfonça dans le bois. Pour lui, il s'en retourna aussitôt chez son père, avec impatience de faire l'essai de sa bague. Il vit et entendit tout ce qu'il voulut sans être découvert. Il ne tînt qu'à lui de se venger de son frère, sans s'exposer à aucun danger. Il se montra seulement à sa mère, l'embrassa, et lui dit toute sa merveilleuse aventure. Ensuite, mettant l'anneau enchanté à son petit doigt, il parut tout à coup comme le prince fils du roi, avec cent beaux chevaux et un grand nombre d'officiers richement vêtus.

Son père fut bien étonnné de voir le fils du roi dans sa petite maison ; il était embarrassé, ne sachant quels respects il devait lui rendre. Alors Rosimond lui demanda combien il avait de fils : « Deux, répondit le père. — Je veux les voir ; faites-les venir tout à l'heure, lui dit Rosimond, je veux les emmener tous deux à la cour pour faire leur fortune. « Le père, timide, répondit en hésitant : « Voila l'aîné que je vous présente. — Où est donc le cadet ? je le veux voir aussi, dit encore Rosimond. — Il n'est pas ici, dit le père, je l'avais châtié pour une faute, et il m'a quitté. » Alors Rosimond lui dit : « Il fallait l'instruire et non pas le chasser. Donnez-moi toujours l'aîné ; qu'il me suive. Et vous, dit-il, parlant au père, suivez deux gardes qui vous conduiront au lieu que je leur marquerai. » Aussitôt deux gardes em-

menèrent le père, et, la fée dont nous avons parlé
l'ayant trouvé dans une forêt, elle le frappa
d'une verge d'or, et le fit entrer dans une caverne
sombre et profonde, où il demeura enchanté.
« Demeurez-y, dit-elle, jusqu'à ce que votre fils
vienne vous en tirer. » Cependant le fils alla à
là cour du roi dans un temps où le jeune prince
s'était embarqué pour aller faire la guerre dans
une île éloignée. Il avait été emporté par les
vents sur des côtes inconnues, où, après un
naufrage, il était captif chez un peuple sauvage.
Rosimond parut à la cour, comme s'il eût été le
prince qu'on croyait perdu et que tout le monde
pleurait. Il dit qu'il était revenu par le secours
de quelques marchands, sans lesquels il serait
péri. Il fit la joie publique. Le roi parut si transporté qu'il ne pouvait parler; et il ne se lassait
point d'embrasser ce fils qu'il avait cru mort.
La reine fut encore plus attendrie. On fit de
grandes réjouissances dans tout le royaume. Un
jour, celui qui passait pour le prince, dit à son
véritable frère : « Braminte, vous voyez que je
vous ai tiré de votre village pour faire votre fortune : mais je sais que vous êtes un menteur, et
que vous avez, par vos impostures, causé le
malheur de votre frère Rosimond : il est ici caché. Je veux que vous parliez à lui, et qu'il vous
reproche vos impostures. » Braminte tremblant
se jeta à ses pieds et lui avoua sa faute. « N'im-
porte, dit Rosimond, je veux que vous parliez à
votre frère, et que vous lui demandiez pardon.
Il sera bien généreux s'il vous pardonne ; vous

ne le méritez pas. Il est dans mon cabinet, où je vous le ferai voir tout à l'heure. Cependant je m'en vais dans une chambre voisine, pour vous laisser librement avec lui. Braminte entra, pour obéir, dans le cabinet. Aussitôt Rosimond changea son anneau, passa dans cette chambre, et puis il entra par une autre porte de derrière, avec sa figure naturelle, dans le cabinet, où Braminte fut bien honteux de le voir. Il lui demanda pardon, et lui promit de réparer toutes ses fautes. Rosimond l'embrassa en pleurant, lui pardonna, et lui dit : « Je suis en pleine faveur auprès du prince ; il ne tient qu'à moi de vous faire périr, ou de vous tenir toute votre vie dans une prison : mais je veux être aussi bon pour vous que vous avez été méchant pour moi. » Braminte, honteux et confondu, lui répondit avec soumission, n'osant lever les yeux ni le nommer son frère. Ensuite Rosimond fit semblant de faire un voyage en secret pour aller épouser une princesse d'un royaume voisin : mais, sous ce prétexte, il alla voir sa mère, à laquelle il raconta tout ce qu'il avait fait à la cour, et lui donna, dans le besoin, quelque petit secours d'argent ; car le roi lui laissait prendre tout ce qu'il voulait ; mais il n'en prenait jamais beaucoup. Cependant il s'éleva une furieuse guerre entre le roi et un autre roi voisin, qui était injuste et de mauvaise foi. Rosimond alla à la cour du roi ennemi, entra, par le moyen de son anneau, dans tous les conseils secrets de ce prince, demeurant toujours invisible. Il profita de tout ce qu'il apprit des mesures des ennemis : il les prévint et les déconcerta en tout ; il commanda l'armée contre eux ; il les défit entièrement dans une grande bataille, et conclut bientôt avec eux une paix glorieuse, à des conditions équitables. Le roi ne songeait qu'à le marier avec une princesse héritière d'un royaume voisin, et plus belle que les Grâces. Mais un jour, pendant que Rosimond était à la chasse dans la même forêt où il avait autrefois trouvé la fée, elle se présenta à lui. « Gardez-vous bien, lui dit-elle d'une voix sévère, de vous marier comme si vous étiez le prince ; il ne faut tromper personne : il est juste que le prince pour qui l'on vous prend revienne succéder à son père. Allez le chercher dans une île où les vents que j'enverrai enfler les voiles de votre vaisseau vous mèneront sans peine. Hâtez-vous de rendre ce service à votre maître contre ce qui pourrait flatter votre ambition, et songez à rentrer en homme de bien dans votre condition naturelle. Si vous ne le faites, vous serez injuste et malheureux ; je vous abandonnerai à vos anciens malheurs. » Rosimond profita sans peine d'un si sage conseil. Sous prétexte d'une négociation secrète dans un Etat voisin, il s'embarqua sur un vaisseau, et les vents le menèrent d'abord dans l'île où la fée lui avait dit qu'était le vrai fils du roi. Ce prince était captif chez un peuple sauvage, où on lui faisait garder des troupeaux. Rosimond, invisible, l'alla enlever dans les pâturages où il conduisait son troupeau ; et, le couvrant de son propre manteau, qui était invisible comme

lui, il le délivra des mains de ces peuples cruels.
Ils s'embarquèrent. D'autres vents, obéissant à
la fée, les ramenèrent : ils arrivèrent ensemble
dans la chambre du roi. Rosimond se présenta
à lui, et lui dit. « Vous m'avez cru votre fils ; je
ne le suis pas : mais je vous le rends ; tenez, le
voilà lui-même. » Le roi, bien étonné, s'adressa
à son fils, et lui dit : « N'est-ce pas vous, mon
fils, qui avez vaincu mes ennemis et qui avez
fait glorieusement la paix ? ou bien est-il vrai
que vous avez fait naufrage, que vous avez été
captif, et que Rosimond vous a délivré ? — Oui,
mon père, répondit-il. C'est lui qui est venu
dans le pays où j'étais captif. Il m'a enlevé : je
lui dois la liberté et le plaisir de vous revoir.
C'est ¹ lui, et non pas moi, à qui vous devez la
victoire. » Le roi ne pouvait croire ce qu'on lui
disait : mais Rosimond, changeant sa bague, se
montra au roi sous la figure du prince ; et le roi
épouvanté vit à la fois deux hommes qui lui parurent tous deux ensemble son même fils. Alors
il offrit, pour tant de services, des sommes immenses à Rosimond, qui les refusa ; il demanda
seulement au roi la grâce de conserver à son frère
Braminte une charge qu'il avait à la cour. Pour
lui, il craignit l'inconstance de la fortune, l'envie
des hommes, et sa propre fragilité : il voulut se
retirer dans son village avec sa mère, où il se
mit à cultiver la terre. La fée, qu'il revit encore
dans les bois, lui montra la caverne où son père

1. Ou, c'est à lui et non à moi que vous devez, etc.

était, et lui dit les paroles qu'il fallait prononcer
pour le délivrer ; il prononça, avec une très-sen-
sible joie, ces paroles : il délivra son père, qu'il
avait depuis longtemps impatience de délivrer, et
lui donna de quoi passer doucement sa vieillesse.
Rosimond fut ainsi le bienfaiteur de toute sa famille, et il eut le plaisir de faire du bien à tous
ceux qui avaient voulu lui faire du mal. Après
avoir fait les plus grandes choses pour la cour, il
ne voulut d'elle que la liberté de vivre loin de sa
corruption. Pour comble de sagesse, il craignit
que son anneau ne le tentât de sortir de sa solitude, et ne le rengageât dans les grandes affaires :
il retourna dans le bois où la fée lui avait apparu
si favorablement. Il allait tous les jours auprès
de la caverne où il avait eu le bonheur de la voir
autrefois, et c'était dans l'espérance de l'y revoir.
Enfin, elle s'y présenta encore à lui, et il lui
rendit l'anneau enchanté. « Je vous rends, lui dit-
il, un don d'un si grand prix, mais si dangereux
et duquel il est si facile d'abuser. Je ne me croi-
rai en sûreté que quand je n'aurai plus de quoi
sortir de ma solitude avec tant de moyens de contenter toutes mes passions. »

Pendant que Rosimond rendait cette bague,
Braminte, dont le méchant naturel n'était point
corrigé, s'abandonnait à toutes ses passions, et
voulut engager le jeune prince, qui était devenu
roi à traiter indignement Rosimond. La fée dit
à Rosimond : « Votre frère, toujours imposteur,
a voulu vous rendre suspect au nouveau roi et
vous perdre : il mérite d'être puni et il faut

qu'il périsse. Je m'en vais lui donner cette bague que vous me rendez. « Rosimond pleura le malheur de son frère, puis il dit à la fée : « Comment prétendez-vous le punir par un si merveilleux présent? Il en abusera pour persécuter tous les gens de bien, et pour avoir une puissance sans bornes. — Les mêmes choses, répondit la fée, sont un remède salutaire aux uns, et un poison mortel aux autres. La prospérité est la source de tous les maux pour les méchants. Quand on veut punir un scélérat, il n'y a qu'à le rendre bien puissant pour le faire périr bientôt. » Elle alla ensuite au palais; elle se montra à Braminte sous la figure d'une vieille femme couverte de haillons; elle lui dit : « J'ai tiré des mains de votre frère la bague que je lui avais prêtée, et avec laquelle il s'était acquis tant de gloire : recevez-la de moi, et pensez bien à l'usage que vous en ferez. » Braminte répondit en riant : « Je ne ferai pas comme mon frère, qui fut assez insensé pour aller chercher le prince au lieu de régner en sa place. » Braminte, avec cette bague, ne songea qu'à découvrir le secret de toutes les familles, qu'à commettre des trahisons, des meurtres et des infamies, qu'à écouter les conseils du roi, qu'à enlever les richesses des particuliers. Ses crimes invisibles étonnèrent tout le monde. Le roi, voyant tant de secrets découverts, ne savait à quoi attribuer cet inconvénient; mais la prospérité sans bornes et l'insolence de Braminte lui firent soupçonner qu'il avait l'anneau enchanté de son frère. Pour le découvrir, il se servit d'un

3.

étranger d'une nation ennemie, à qui il donna
une grande somme. Cet homme vint la nuit offrir
à Braminte, de la part du roi ennemi, des biens
et des honneurs immenses, s'il voulait lui faire
savoir par des espions tout ce qu'il pourrait
apprendre des secrets de son roi.

Braminte promit tout, alla même dans un lieu
où on lui donna une somme très-grande pour
commencer sa récompense. Il se vanta d'avoir
un anneau qui le rendait invisible. Le lendemain
le roi l'envoya chercher, et le fit d'abord saisir.
On lui ôta l'anneau, et on trouva sur lui plusieurs
papiers qui prouvaient ses crimes. Rosimond
revint à la cour pour demander la grâce de son
frère, qui lui fut refusée. On fit mourir Braminte :
et l'anneau lui fut plus funeste qu'il n'avait été
utile à son frère.

Le roi, pour consoler Rosimond de la punition
de Braminte, lui rendit l'anneau, comme un trésor d'un prix infini. Rosimond affligé n'en jugea
pas de même : il retourna chercher la fée dans
les bois. « Tenez, lui dit-il, voilà votre anneau.
L'expérience de mon frère m'a fait comprendre
ce que je n'avais pas bien compris d'abord quand
vous me le dîtes. Gardez cet instrument fatal de la
perte de mon frère. Hélas! il serait encore vivant,
il n'aurait pas accablé de douleur et de honte la
vieillesse de mon père et de ma mère, il serait
peut-être sage et heureux, s'il n'avait jamais eu
de quoi contenter ses désirs. Oh! qu'il est dangereux de pouvoir plus que les autres hommes!
Reprenez votre anneau : malheur à ceux à qui

vous le donnerez? L'unique grâce que je vous demande, c'est de ne le donner jamais à aucune des personnes pour qui je m'intéresse. »

FABLE 28.

Histoire de Florise.

Une paysanne connaissait dans son voisinage une fée. Elle la pria de venir à une de ses couches, où elle eut une fille. La fée prit d'abord l'enfant entre ses bras, et dit à la mère : « Choisissez ; elle sera, si vous voulez, belle comme le jour, d'un esprit encore plus charmant que sa beauté, et reine d'un grand royaume, mais malheureuse ; ou bien elle sera laide et paysanne comme vous, mais contente dans sa condition. » La paysanne choisit d'abord pour cet enfant la beauté et l'esprit avec une couronne, au hasard de quelque malheur. Voilà la petite fille dont la beauté commence déjà à effacer toutes celles qu'on avait jamais vues. Son esprit était doux, poli, insinuant ; elle apprenait tout ce qu'on voulait lui apprendre, et le savait bientôt mieux que ceux qui le lui avaient appris. Elle dansait sur l'herbe, les jours de fête, avec plus de grâce que toutes ses compagnes. Sa voix était plus touchante qu'aucun instrument de musique, et elle faisait elle-même les chansons qu'elle chantait. D'abord elle ne savait point qu'elle était belle : mais, en jouant

avec ses compagnes sur le bord d'une claire fontaine, elle se vit, elle remarqua combien elle était
différente des autres; elle s'admira. Tout le
pays, qui accourait en foule pour la voir, lui fit
encore plus connaître ses charmes. Sa mère, qui
comptait sur les prédictions de la fée, la regardait
déjà comme un reine, et la gâtait par ses com-
plaisances. La jeune fille ne voulait ni filer, ni
coudre, ni garder les moutons; elle s'amusait à
cueillir des fleurs, à en parer sa tête, à chanter et
à danser à l'ombre des bois. Le roi de ce pays-là
était fort puissant, et il n'avait qu'un fils, nommé
Rosimond, qu'il voulait marier. Il ne put jamais
se résoudre à entendre parler d'aucune princesse
des Etats voisins, parce qu'une fée lui avait assuré qu'il trouverait une paysanne plus belle et
plus parfaite que toutes les princesses du monde.
Il prit la résolution de faire assembler toutes les
jeunes villageoises de son royaume, au-dessous
de dix-huit ans, pour choisir celle qui serait la
plus digne d'être choisie. On exclut d'abord une
quantité innombrable de filles qui n'avaient
qu'une médiocre beauté, et on en sépara trente
qui surpassaient infiniment toutes le autres.
Florise (c'est le nom de notre jeune fille) n'eut
pas de peine à être mise dans ce nombre. On
rangea ces trente filles au milieu d'une grande
salle, dans une espèce d'amphithéâtre où le roi
et son fils les pouvaient regarder toutes à la fois.
Florise parut d'abord, au milieu de toutes les
autres, ce qu'une belle anémone paraîtrait parmi
des soucis, ou ce qu'un oranger fleuri paraîtrait

au milieu des buissons sauvages; le roi s'écria
qu'elle méritait sa couronne. Rosimond se crut
heureux de posséder Florise. On lui ôta ses habits de village; on lui en donna qui étaient tout
brodés d'or. En un instant elle se vit couverte
de perles et de diamants : un grand nombre de
dames étaient occupées à la servir. On ne songeait qu'à deviner ce qui pouvait lui plaire, pour
le lui donner avant qu'elle eût la peine de le demander. Elle était logée dans un magnifique ap-
partement du palais, qui n'avait, au lieu de tapisseries, que de grandes glaces de miroir de toute la
hauteur des chambres et des cabinets, afin qu'elle
eût le plaisir de voir sa beauté multipliée de tous
côtés, et que le prince pût l'admirer en quelque
endroit qu'il jetât les yeux. Rosimond avait quitté
la chasse, le jeu, tous les exercices du corps, pour
être sans cesse auprès d'elle; et comme le roi son
père était mort bientôt après le mariage, c'était
la sage Florise, devenue reine, dont les conseils
décidaient de toutes les affaires de l'Etat. La reine,
mère du nouveau roi, nommée Gronipote, fut
jalouse de sa belle-fille. Elle était artificieuse, ma-
ligne, cruelle. La vieillesse avait ajouté une affreuse difformité à sa laideur naturelle, et elle ressemblait à une furie. La beauté de Florise la faisait
paraître encore plus hideuse, et l'irritait à tout
moment : elle ne pouvait souffrir qu'une si belle
personne la défigurât. Elle craignait aussi son
esprit, et elle s'abandonna à toutes les fureurs
de l'envie. « Vous n'avez point de cœur, disait-
elle souvent à son fils, d'avoir voulu épouser cette

petite paysanne ; et vous avez la bassesse d'en
faire votre idole : elle est fière comme si elle
était née dans la place où elle est. Quand le roi
votre père voulut se marier, il me préféra à
toute autre, parce que j'étais la fille d'un roi égal
à lui. C'est ainsi que vous devriez faire. Renvoyez
cette petite bergère dans son village, et songez à
quelque jeune princesse dont la naissance vous
convienne. Rosimond résistait à sa mère : mais
Gronipote enleva un jour un billet que Florise
écrivait au roi, et le donna à un jeune homme
de la cour, qu'elle obligea d'aller porter ce billet
au roi, comme si Florise lui avait témoigné toute
l'amitié qu'elle ne devait avoir que pour le roi seul.
Rosimond, aveuglé par sa jalousie et par les
conseils malins que lui donna sa mère, fit en-
fermer Florise pour toute sa vie dans une haute
tour bâtie sur la pointe d'un rocher qui s'élevait
dans la mer. Là, elle pleurait nuit et jour, ne
sachant par quelle injustice le roi, qui l'avait
tant aimée, la traitait si indignement. Il ne lui
était permis de voir qu'une vieille femme à qui
Gronipote l'avait confiée, et qui l'insultait à tout
moment dans cette prison. Alors Florise se ressou-
vint de son village, de sa cabane, et de tous ses
plaisirs champêtres. Un jour, pendant qu'elle
était accablée de douleur, et qu'elle déplorait
l'aveuglement de sa mère qui avait mieux aimé
qu'elle fût belle et reine malheureuse que bergère laide et contente dans son état, la vieille qui
la traitait si mal vint lui dire que le roi envoyait
un bourreau pour lui couper la tête, et qu'elle

n'avait plus qu'à se résoudre à la mort. Florise répondit qu'elle était prête à recevoir le coup. En effet, le bourreau envoyé par les ordres du roi, sur les conseils de Gronipote, tenait un grand coutelas pour l'exécution, quand il parut une femme qui dit qu'elle venait de la part de cette reine pour dire deux mots en secret à Florise avant sa mort. La vieille la laissa parler à elle, parce que cette personne lui parut une des dames du palais : mais c'était la fée qui avait prédit les malheurs de Florise à sa naissance, et qui avait pris la figure de cette dame de la reine mère. Elle parla à Florise en particulier, en faisant retirer tout le monde. « Voulez-vous lui dit-elle, renoncer à la beauté qui vous a été si funeste? Voulez-vous quitter le titre de reine, reprendre vos anciens habits, et retourner dans votre village? » Florise fut ravie d'accepter cette offre. La fée lui appliqua sur le visage un masque enchanté : aussitôt les traits de son visage devinrent grossiers, et perdirent toute leur proportion; elle devint aussi laide qu'elle avait été belle et agréable. En cet état, elle n'était plus reconnaissable, et elle passa sans peine au travers de tous ceux qui étaient venus là pour être témoins de son supplice; elle suivit la fée, et repassa avec elle dans son pays. On eut beau chercher Florise, on ne put la trouver en aucun endroit de la tour. On alla en porter la nouvelle au roi et à Gronipote, qui la firent encore chercher, mais inutilement, par tout le royaume. La fée l'avait rendue à sa mère, qui ne l'eût pas connue dans un si grand changement, si elle n'en eût été avertie. Florise fut contente de vivre laide, pauvre et inconnue dans son village, où elle gardait les moutons. Elle entendait tous les jours raconter ses aventures et déplorer ses malheurs. On en avait fait des chansons qui faisaient pleurer tout le monde : elle prenait plaisir à les chanter souvent avec ses compagnes, et elle en pleurait comme les autres ; mais elle se croyait heureuse en gardant son troupeau, et elle ne voulut jamais découvrir à personne qui elle était.

FABLE 29.

Histoire d'une jeune princesse.

Il y avait une fois un roi et une reine qui n'avaient point d'enfants. Ils en étaient si fâchés, si fâchés, que personne n'a jamais été plus fâché. Enfin la reine devint grosse, et accoucha d'une fille la plus belle qu'on ait jamais vue. Les fées vinrent à sa naissance ; mais elles dirent toutes à la reine que le mari de sa fille aurait onze bouches ; ou que si elle ne se mariait avant l'âge de vingt-deux ans, elle deviendrait crapaud. Cette prédiction troubla la reine. La fille avait à peine quinze ans, qu'il se présenta un homme qui avait les onze bouches et dix-huit pieds de haut ; mais la princesse le trouva si hideux, qu'elle n'en voulut jamais. Cependant l'âge fatal approchait, et le roi, qui aimait mieux

* 5

voir sa fille mariée à un monstre que devenir crapaud, résolut de la donner à l'homme à onze bouches. La reine trouva l'alternative fâcheuse. Comme tout se préparait pour les noces, la reine se souvint d'une certaine fée qui avait été autrefois de ses amies ; elle la fit venir, et lui demanda si elle ne pouvait les empêcher. « Je ne le puis, madame, lui répondit-elle, qu'en changeant votre fille en linotte. Vous l'aurez dans votre chambre ; elle parlera toutes les nuits, et chantera toujours. » La reine y consentit. Aussitôt la princesse fut couverte de plumes fines, et s'envola chez le roi, de là revint à la reine, qui lui fit mille caresses. Cependant le roi fit chercher la princesse ; on ne la trouva point. Toute la cour était en deuil. La reine faisait semblant de s'affliger comme les autres : mais elle avait toujours sa linotte ; elle s'entretenait toutes les nuits avec elle. Un jour le roi lui demanda comment elle avait eu une linotte si spirituelle ; elle lui répondit que c'était une fée de ses amies qui la lui avait donnée. Deux mois se passèrent tristement. Enfin le monstre, lassé d'attendre, dit au roi qu'il le mangerait avec toute sa cour, si dans huit jours il ne lui donnait la princesse ; car il était ogre. Cela inquiéta la reine, qui découvrit tout au roi. On envoya quérir la fée, qui rendit à la princesse sa première forme. Cependant il arriva un prince qui, outre sa bouche naturelle, en avait une au bout de chaque doigt de la main. Le roi aurait bien voulu lui donner sa fille ; mais il craignait le monstre. Le prince, qui était devenu amoureux de la princesse, résolut de se battre contre l'ogre. Le roi n'y consentit qu'avec beaucoup de peine. On prit le jour : lorsqu'il fut arrivé, les champions s'avancèrent dans le lieu du combat. Tout le monde faisait des vœux pour le prince; mais, à voir le géant si terrible, on tremblait de peur pour le prince. Le monstre portait une massue de chêne, dont il déchargea un coup sur Aglaor; car c'était ainsi que se nommait le prince : mais Aglaor, ayant évité le coup, lui coupa le jarret de son épée, et, l'ayant fait tomber, lui ôta la vie. Tout le monde cria victoire; et le prince Aglaor épousa la princesse, avec d'autant plus de contentement qu'il l'avait délivrée d'un rival aussi terrible qu'incommode.

FABLE 30.

Histoire du roi Alfaroute et de Clariphile.

Il y avait un roi nommé Alfaroute, qui était craint de tous ses voisins et aimé de tous ses sujets. Il était sage, bon, juste, vaillant, habile; rien ne lui manquait. Une fée vint le trouver, et lui dire qu'il lui arriverait bientôt de grands malheurs, s'il ne se servait pas de la bague qu'elle lui mit au doigt. Quand il tournait le diamant de la bague en dedans de sa main, il devenait d'abord invisible; et dès qu'il le retournait en dehors, il était visible comme auparavant. Cette bague lui fut très-commode et lui fit grand plaisir. Quand il se défiait de quelqu'un de ses sujets, il allait dans le cabinet de cet homme avec son diamant tourné en dedans : il entendait et il voyait tous les secrets domestiques sans être aperçu. S'il craignait les desseins de quelque roi voisin de son royaume, il s'en allait jusque dans ses conseils les plus secrets, où il apprenait tout sans être jamais découvert. Ainsi il prévenait sans peine tout ce qu'on voulait faire contre lui : il détourna plusieurs conjurations formées contre sa personne, et déconcerta ses ennemis qui voulaient l'accabler. Il ne fut pourtant pas content de sa bague, et il demanda à la fée un moyen de se transporter en un moment d'un pays dans un autre, pour pouvoir faire un usage plus prompt et plus commode de l'anneau qui le rendait invisible. La fée lui répondit en soupirant : « Vous en demandez trop ! Craignez que ce dernier don ne vous soit nuisible. » Il n'écouta rien, et la pressa toujours de le lui accorder. « Eh bien, dit-elle, il faut donc, malgré moi, vous donner ce que vous vous repentirez d'avoir. » Alors elle lui frotta les épaules d'une liqueur odoriférante. Aussitôt il sentit de petites ailes qui naissaient sur son dos. Ces petites ailes ne paraissaient point sous ses habits, mais quand il avait résolu de voler, il n'avait qu'à les toucher avec la main, aussitôt elles devenaient si longues, qu'il était en état de surpasser infiniment le vol rapide d'un aigle. Dès qu'il ne

voulait plus voler, il n'avait qu'à retoucher ses
ailes : d'abord elles se rapetissaient, en sorte
qu'on ne pouvait les apercevoir sous ses habits.
Par ce moyen, le roi allait partout en peu de
moments : il savait tout, et on ne pouvait con-
cevoir par où il devinait tant de choses ; car il
se renfermait, et paraissait demeurer presque
toute la journée dans son cabinet, sans que personne osât y entrer. Dès qu'il y était, il se rendait invisible par sa bague, étendait ses ailes
en les touchant, et parcourait des pays immenses.
Par là, il s'engagea dans de grandes guerres où
il remporta toutes les victoires qu'il voulut :
mais, comme il voyait sans cesse les secrets des
hommes, il les connut si méchants et si dissi-
mulés, qu'il n'osait plus se fier à personne.
Plus il devenait puissant et redoutable, moins il
était aimé, et il voyait qu'il n'était aimé d'aucun
de ceux même à qui il avait fait les plus grands
biens. Pour se consoler, il résolut d'aller dans
tous les pays du monde chercher une femme
parfaite qu'il pût épouser, dont il pût être aimé,
et par laquelle il pût se rendre heureux. Il la
chercha longtemps, et comme il voyait tout sans
être vu, il connaissait les secrets les plus impé-
nétrables. Il alla dans toutes les cours ; il trouva
partout des femmes dissimulées, qui voulaient
être aimées, et qui s'aimaient trop elles-mêmes
pour aimer de bonne foi un mari. Il passa dans
toutes les maisons particulières : l'une avait
l'esprit léger et inconstant ; l'autre était artifi-

cieuse , l'autre hautaine, l'autre bizarre ; presque toutes fausses, vaines et idolâtres de leur personne. Il descendit jusqu'aux plus basses conditions, et il trouva enfin la fille d'un pauvre laboureur, belle comme le jour, mais simple et ingénue dans sa beauté, qu'elle comptait pour rien, et qui était en effet sa moindre qualité ; car elle avait un esprit et une vertu qui surpassaient toutes les grâces de sa personne. Toute la jeunesse de son voisinage s'empressait pour la voir, et chaque jeune homme eût cru assurer le bonheur de sa vie en l'épousant. Le roi Alfaroute ne put la voir sans en être passionné. Il la demanda à son père, qui fut transporté de joie de voir que sa fille serait une grande reine. Clariphile (c'était son nom) passa de la cabane de son père dans un riche palais, où une cour nombreuse la reçut. Elle n'en fut point éblouie ; elle conserva sa simplicité, sa modestie, sa vertu, et elle n'oublia point d'où elle était venue, lorsqu'elle fut au comble des honneurs. Le roi redoubla sa tendresse pour elle, et crut enfin qu'il parviendrait à être heureux. Peu s'en fallait qu'il ne le fût déjà, tant il commençait à se fier au bon cœur de la reine. Il se rendait à toute heure invisible pour l'observer et pour la surprendre, mais il ne découvrait rien en elle qu'il ne trouvât digne d'être admiré. Il n'y avait plus qu'un reste de jalousie et de défiance qui le troublait encore un peu dans son amitié.

La fée qui lui avait prédit les suites funestes de son dernier don, l'avertissait souvent, et il en fut importuné. Il donna ordre qu'on ne la laissât plus entrer dans le palais, et dit à la reine qu'il lui défendait de la recevoir. La reine promit avec beaucoup de peine d'obéir, parce qu'elle aimait fort cette bonne fée. Un jour la fée, voulant instruire la reine sur l'avenir, entra chez elle sous la figure d'un officier, et déclara à la reine qui elle était. Aussitôt la reine l'embrassa tendrement. Le roi, qui était alors invisible, l'aperçut, et fut transporté de jalousie jusqu'à la fureur. Il tira son épée et en perça la reine, qui tomba mourante entre ses bras. Dans ce moment, la fée reprit sa véritable figure. Le roi la reconnut et comprit l'innocence de la reine. Alors il voulut se tuer. La fée arrêta le coup, et tâcha de le consoler. La reine, en expirant, lui dit : « Quoique je meure de votre main, je meurs toute à vous. » Alfaroute déplora son malheur d'avoir voulu, malgré la fée, un don qui lui était si funeste. Il lui rendit la bague et la pria de lui ôter ses ailes. Le reste de ses jours se passa dans l'amertume et dans la douleur. Il n'avait point d'autre consolation que d'aller pleurer sur le tombeau de Clariphile.

FABLE 31.

Histoire d'une vieille reine et d'une jeune paysanne.

Il y avait une fois une reine si vieille, si vieille, qu'elle n'avait plus ni dents ni cheveux ; sa tête branlait comme les feuilles que le vent remue ; elle ne voyait goutte, même avec ses lunettes ; le bout de son nez et celui de son menton se touchaient ; elle était rapetissée de la moitié, et toute en un peloton, avec le dos si courbé, qu'on aurait cru qu'elle avait toujours été contrefaite. Une fée, qui avait assisté à sa naissance, l'aborda et lui dit : « Voulez-vous rajeunir ? — Volontiers, répondit la reine : je donnerais tous mes joyaux pour n'avoir que vingt ans. — Il faut donc, continua la fée, donner votre vieillesse à quelque autre dont vous prendrez la jeunesse et la santé. A qui donnerons-nous vos cent ans ? » La reine fit chercher partout quelqu'un qui voulût être vieux pour la rajeunir. Il vint beaucoup de gueux qui voulaient vieillir pour être riches ; mais quand ils avaient vu la reine tousser, cracher, râler, vivre de bouillie, être sale, hideuse, puante, souffrante, et radoter un peu, ils ne voulaient plus se charger de ses années ; ils aimaient mieux mendier et porter des haillons. Il venait aussi des ambitieux à qui elle promettait de grands

rangs et de grands honneurs. « Mais que faire de
ces rangs? disaient-ils après l'avoir vue : nous
n'oserions nous montrer, étant si dégoûtants et
si horribles. » Mais enfin il se présenta une jeune
fille de village, belle comme le jour, qui demanda la couronne pour prix de sa jeunesse ; elle
se nommait Péronnelle. La reine s'en fâcha
d'abord ; mais que faire? à quoi sert-il de se
fâcher? elle voulait rajeunir. « Partageons, dit-
elle à Péronnelle, mon royaume ; vous en aurez
une moitié, et moi l'autre : c'est bien assez
pour vous qui êtes une petite paysanne.—Non,
répondit la fille, ce n'est pas assez pour moi :
je veux tout. Laissez-moi mon bavolet [1] avec
mon teint fleuri ; je vous laisserai vos cent ans
avec vos rides et la mort qui vous talonne.—
Mais aussi, répondit la reine, que ferais-je, si
je n'avais plus de royaume? — Vous ririez, vous
danseriez, vous chanteriez comme moi, lui dit
cette fille. » En parlant ainsi, elle se mit à rire,
à danser et à chanter. La reine, qui était bien
loin d'en faire autant, lui dit : « Que feriez-vous
en ma place? Vous n'êtes point accoutumée à
la vieillesse.—Je ne sais pas, dit la paysanne,
ce que je ferais : mais je voudrais bien l'essayer :
car j'ai toujours ouï dire qu'il est beau d'être
reine. » Pendant qu'elles étaient en marché,
la fée survint, qui dit à la paysanne : « Voulez-
vous faire votre apprentissage de vieille reine,
pour savoir si ce métier vous accommodera?—

---

1. *Bavolet*, coiffure de paysanne.

Pourquoi non? dit la fille. » A l'instant les rides couvrent son front, ses cheveux blanchissent; elle devient grondeuse et rechignée; sa tête branle et toutes ses dents aussi; elle a déjà cent ans. La fée ouvre une petite boîte, et en tire une foule d'officiers et de courtisans richement vêtus, qui croissent à mesure qu'ils en sortent, et qui rendent mille respects à la nouvelle reine. On lui sert un grand festin; mais elle est dégoûtée et ne saurait mâcher; elle est honteuse et étonnée; elle ne sait ni que dire ni que faire; elle tousse à crever; elle crache sur son menton; elle a au nez une roupie gluante qu'elle essuie avec sa manche; elle se regarde au miroir, et se trouve plus laide qu'une guenuche [1]. Cependant la véritable reine était dans un coin, qui riait et qui commençait à devenir jolie; ses cheveux revenaient, et ses dents aussi; elle reprenait un bon teint frais et vermeil; elle se redressait avec mille petites façons : mais elle était crasseuse, court vêtue, et faite comme un petit torchon qui a traîné dans les cendres. Elle n'était pas accoutumée à cet équipage; et les gardes, la prenant pour quelque servante de cuisine, voulaient la chasser du palais. Alors Péronnelle lui dit : « Vous voilà bien embarrassée de n'être plus reine, et moi encore davantage de l'être : tenez, voici votre couronne, rendez-moi ma cotte grise. » L'échange fut aussitôt fait, et la reine de revieillir, et la

---

1. *Guenuche*, petite guenon.

paysanne de rajeunir. A peine le changement
fut fait que toutes deux s'en repentirent ; mais
il n'était plus temps. La fée les condamna à
demeurer chacune dans sa condition. La reine
pleurait tous les jours. Dès qu'elle avait mal
au bout du doigt, elle disait : « Hélas ! si j'étais
Péronnelle, à l'heure que je parle, je serais
logée dans une chaumière, et je vivrais de châ-
taignes ; mais je danserais sous l'orme avec les
bergers au son de la flûte. Que me sert d'avoir un
beau lit où je ne fais que souffrir, et tant de
gens qui ne peuvent me soulager ? » Ce chagrin
augmenta ses maux ; les médecins, qui étaient sans
cesse douze autour d'elle, les augmentèrent aussi.
Enfin elle mourut au bout de deux mois. Péronnelle faisait une danse ronde le long d'un clair
ruisseau avec ses compagnes, quand elle apprit
la mort de la reine : alors elle reconnut qu'elle
avait été plus heureuse que sage d'avoir perdu
la royauté. La fée revint la voir, et lui donna à
choisir de trois maris : l'un vieux, chagrin,
désagréable, jaloux et cruel, mais riche, puissant, et très-grand seigneur, qui ne pourrait ni
jour ni nuit se passer de l'avoir auprès de lui ;
l'autre bien fait, doux, commode, aimable et
d'une grande naissance, mais pauvre et malheureux en tout ; le dernier, paysan comme
elle, qui ne serait ni beau ni laid, qui ne
l'aimerait ni trop ni peu, qui ne serait ni
riche ni pauvre. Elle ne savait lequel prendre,
car naturellement elle aimait fort les beaux
habits, les équipages et les grands honneurs.

Mais la fée lui dit : « Allez, vous êtes une sotte. Voyez-vous ce paysan? voilà le mari qu'il vous faut. Vous aimeriez trop le second, vous seriez trop aimée du premier; tous deux vous rendraient malheureuse : c'est bien assez que le troisième ne vous batte point. Il vaut mieux danser sur l'herbe ou sur la fougère que dans un palais, et être Péronnelle au village qu'une dame malheureuse dans le beau monde. Pourvu que vous n'ayez aucun regret aux grandeurs, vous serez heureuse avec votre laboureur toute votre vie. »

FABLE 32.

Histoire de la reine Gisèle et de la fée Corysante.

Il était une fois une reine nommée Gisèle, qui avait beaucoup d'esprit et un grand royaume. Son palais était tout de marbre; le toit était d'argent; tous les meubles qui sont ailleurs de de fer ou de cuivre, étaient couverts de diamants. Cette reine était fée; et elle n'avait qu'à faire des souhaits, aussitôt tout ce qu'elle voulait ne manquait pas d'arriver. Il n'y avait qu'un seul point qui ne dépendait pas d'elle; c'est qu'elle avait cent ans, et elle ne pouvait se rajeunir. Elle avait été plus belle que le jour, et elle était devenue si laide et si horrible, que les gens mêmes qui venaient lui faire la cour cherchaient, en lui parlant, des prétextes pour tourner la tête, de peur de la regarder. Elle était toute courbée, tremblante, boiteuse, ridée, crasseuse, chassieuse, toussant et crachant toute la journée avec une saleté qui faisait bondir le cœur. Elle était borgne et presque aveugle ; ses yeux de travers avaient une bordure d'écarlate : enfin elle avait une barbe grise au menton. En cet état, elle ne pouvait se regarder elle-même, et elle avait fait casser tous les miroirs de son palais. Elle n'y pouvait souffrir aucune jeune personne d'une figure raisonnable. Elle ne se faisait servir que par des gens borgnes, bossus, boiteux et estropiés. Un jour on présenta à la reine une jeune fille de quinze ans, d'une merveilleuse beauté, nommée Corysante. D'abord elle se récria : « Qu'on ôte cet objet de devant mes yeux ! » Mais la mère de cette jeune fille lui dit : « Madame, ma fille est fée, et elle a le pouvoir de vous donner en ce moment toute sa jeunesse et toute sa beauté. » La reine, détournant ses yeux, répondit : « Eh bien ! que faut-il lui donner en récompense ? — Tous vos trésors, et votre couronne même, lui répondit la mère. — C'est de quoi je ne me dépouillerai jamais, s'écria la reine, j'aime mieux mourir. » Cette offre ayant été rebutée, la reine tomba malade d'une maladie qui la rendait si puante et si infecte, que ses femmes n'osaient approcher d'elle pour la servir, et que ses médecins jugèrent qu'elle mourrait dans peu de jours. Dans cette extrémité, elle envoya chercher la jeune fille, et la pria de prendre sa couronne et tous ses trésors, pour lui donner sa jeunesse avec sa beauté. La jeune fille lui dit : « Si je prends votre couronne et vos trésors, en vous donnant ma beauté et mon âge, je deviendrai tout à coup vieille et difforme comme vous. Vous n'avez pas voulu d'abord faire ce marché, et moi j'hésite à mon tour pour savoir si je dois le faire. » La reine la pressa beaucoup; et comme la jeune fille, sans expérience, était fort ambitieuse, elle se laissa toucher au plaisir d'être reine. Le marché fut conclu. En un moment Gisèle se redressa, et sa taille devint majestueuse; son teint prit les plus belles couleurs; ses yeux parurent vifs; la fleur de la jeunesse se répandit sur son visage; elle charma toute l'assemblée. Mais il fallut qu'elle se retirât dans un village et sous une cabane, étant couverte de haillons. Corysante, au contraire, perdit tous ses agréments et devint hideuse. Elle demeura dans ce superbe palais, et commanda en reine. Dès qu'elle se vit dans un miroir, elle soupira, et dit qu'on n'en présentât jamais aucun devant elle. Elle chercha à se consoler par ses trésors. Mais son or et ses pierreries ne l'empêchaient point de souffrir tous les maux de la vieillesse. Elle voulait danser, comme elle était accoutumée à le faire avec ses compagnes, dans des prés fleuris, à l'ombre des bocages; mais elle ne pouvait plus se soutenir qu'avec un bâton. Elle voulait faire des festins; mais elle était si languissante et si dégoûtée, que les mets les plus délicieux lui faisaient mal au cœur. Elle n'avait même aucune dent, et ne pouvait se nourrir que d'un peu de bouillie. Elle voulait entendre des concerts de musique, mais elle était sourde. Alors elle regretta sa jeunesse et sa beauté, qu'elle avait follement quittées pour une couronne et pour des trésors dont elle ne pouvait se servir. De plus, elle qui avait été bergère, et qui était accoutumée à passer les jours à chanter en conduisant ses moutons, elle était à tout moment importunée d'affaires difficiles qu'elle ne pouvait point régler. D'un autre côté Gisèle, accoutumée à régner, à posséder tous les plus grands biens, avait déjà oublié les incommodités de la vieillesse; elle était inconsolable de se voir si pauvre. « Quoi! disait-elle, serai-je toujours couverte de haillons? A quoi me sert toute ma beauté sous cet habit crasseux et déchiré? A quoi me sert-il d'être belle, pour n'être vue que dans un village par des gens si grossiers? On me méprise; je suis réduite à servir, et à conduire des bêtes. Hélas! j'étais reine; je suis bien malheureuse d'avoir quitté ma couronne et tant de trésors! Oh! si je pouvais les ravoir! il est vrai que je mourrais bientôt; eh bien! les autres reines ne meurent-elles pas? Ne faut-il pas avoir le courage de souffrir et de mourir, plutôt que de faire une bassesse pour devenir jeune? » Corysante sentit que Gisèle regrettait son premier état, et lui dit qu'en qualité de fée elle pouvait faire un second échange. Chacune reprit son premier état. Gisèle redevint reine, mais vieille et horrible.

Corysante reprit ses charmes et la pauvreté de bergère. Bientôt Gisèle, accablée de maux, s'en repentit et déplora son aveuglement. Mais Corysante, qu'elle pressait de changer encore, lui répondit : « J'ai maintenant éprouvé les deux conditions ; j'aime mieux être jeune et manger du pain noir, et chanter tous les jours en gardant mes moutons, que d'être reine comme vous dans le chagrin et dans la douleur. »

FABLE 33.

Voyage dans l'île des Plaisirs.

Après avoir longtemps vogué sur la mer Pacifique [1], nous aperçûmes de loin une île de sucre avec des montagnes de compote, des rochers de sucre candi et de caramel, et des rivières de sirop qui coulaient dans la campagne. Les habitants, qui étaient fort friands, léchaient tous les chemins, et suçaient leurs doigts après les avoir trempés dans les fleuves. Il y avait aussi des forêts de réglisse, et de grands arbres d'où tombaient des gaufres que le vent emportait dans la bouche des voyageurs, si peu qu'elle fût ouverte. Comme tant de douceurs nous parurent fades, nous voulûmes passer en quelque autre pays où l'on pût trouver des mets d'un

---

1. La mer Pacifique ou mer du Sud est à l'ouest de l'Amérique.

goût plus relevé. On nous assura qu'il y avait à
dix lieues de là une autre île où il y avait des
mines de jambons, de saucisses et de ragoûts
poivrés. On les creusait comme on creuse les
mines d'or dans le Pérou [1]. On y trouvait aussi
des ruisseaux de sauces à l'oignon. Les murailles des maisons sont de croûte de pâté. Il
y pleut du vin couvert [2] quand le temps est
chargé ; et, dans les plus beaux jours, la rosée
du matin est toujours du vin blanc, semblable
au vin grec ou à celui de Saint-Laurent [3]. Pour
passer dans cette île, nous fîmes mettre sur le
port de celle d'où nous voulions partir, douze
hommes d'une grosseur prodigieuse, et qu'on
avait endormis ; ils soufflaient si fort en ron-
flant, qu'ils remplirent nos voiles d'un vent favorable. A peine fûmes-nous arrivés dans l'autre île, que nous trouvâmes sur le rivage des
marchands qui vendaient de l'appétit, car on
en manquait souvent parmi tant de ragoûts. Il y
avait aussi d'autres gens qui vendaient le sommeil. Le prix en était réglé tant par heure ; mais
il y avait des sommeils plus chers les uns que
les autres, à proportion des songes qu'on voulait avoir. Les plus beaux songes étaient fort
chers. J'en demandai des plus agréables pour
mon argent ; et, comme j'étais las, j'allai d'a-

1. Le *Pérou*, contrée de l'Amérique du sud, très-riche
en mines d'or et d'argent.
2. *Vin couvert*, c'est-à-dire d'une couleur rouge foncé.
3. *Saint-Laurent*, bourg célèbre par son vin muscat,
dans le département de l'Hérault, près Lunel.

6

bord me coucher. Mais à peine fus-je dans mon
lit que j'entendis un grand bruit ; j'eus peur, et
je demandai du secours. On me dit que c'était
la terre qui s'entr'ouvrait. Je crus être perdu ;
mais on me rassura en me disant qu'elle s'entr'ouvrait ainsi toutes les nuits à une certaine
heure, pour vomir avec grand effort des ruisseaux bouillants de chocolat moussé [1], et des liqueurs glacées de toutes les façons. Je me levai
à la hâte pour en prendre, et elles étaient délicieuses. Ensuite je me recouchai, et, dans mon
sommeil, je crus voir que tout le monde était
de cristal, que tous les hommes se nourrissaient de parfums quand il leur plaisait, qu'ils
ne pouvaient marcher qu'en dansant, ni parler
qu'en chantant ; qu'ils avaient des ailes pour
fendre les airs, et des nageoires pour passer les
mers. Mais ces hommes étaient comme des
pierres à fusil : on ne pouvait les choquer
qu'aussitôt ils ne prissent feu. Ils s'enflammaient
comme une mèche, et je ne pouvais m'empêcher de rire, voyant combien ils étaient faciles à émouvoir. Je voulus demander à l'un
d'eux pourquoi il paraissait animé : il me répondit, en me montrant le poing, qu'il ne se
mettait jamais en colère.

A peine fus-je éveillé, qu'il vint un marchand
d'appétit, me demandant de quoi je voulais
avoir faim, et si je voulais qu'il me vendît des

---

1. *Moussé*, ici pour *mousseux*, ou que l'on a fait mous-
ser.

relais d'estomacs pour manger toute la journée.
J'acceptai la condition. Pour mon argent, il me
donna douze petits sachets de taffetas que je
mis sur moi, et qui devaient me servir comme
douze estomacs, pour digérer sans peine douze
grands repas en un jour. A peine eus-je pris les
douze sachets, que je commençai à mourir de
faim. Je passai ma journée à faire douze festins
délicieux. Dès qu'un repas était fini, la faim
me reprenait, et je ne lui donnais pas le temps
de me presser. Mais, comme j'avais une faim
avide, on remarqua que je ne mangeais pas
proprement : les gens du pays sont d'une délicatesse et d'une propreté exquise. Le soir je fus
lassé d'avoir passé toute la journée à table
comme un cheval à son râtelier. Je pris la résolution de faire tout le contraire le lendemain,
et de ne me nourrir que de bonnes odeurs. On
me donna à déjeuner de la fleur d'orange. A
dîner ce fut une nourriture plus forte : on me
servit des tubéreuses et puis des peaux d'Espagne [1]. Je n'eus que des jonquilles à la colla-
tion. Le soir on me donna à souper de grandes
corbeilles pleines de toutes les fleurs odoriférantes, et on y ajouta des cassolettes de toutes
sortes de parfums. La nuit, j'eus une indigestion
pour avoir trop senti tant d'odeurs nourris-
santes. Le jour suivant, je jeûnai pour me délasser de la fatigue des plaisirs de la table. On
me dit qu'il y avait en ce pays-là une ville toute

1. Sorte de peaux odorantes.

singulière, et on me promit de m'y mener par
une voiture qui m'était inconnue. On me mit
dans une petite chaise de bois fort léger et toute
garnie de grandes plumes, et on attacha à cette
chaise, avec des cordes de soie, quatre grands
oiseaux, grands comme des autruches, qui
avaient des ailes proportionnées à leurs corps.
Ces oiseaux prirent d'abord leur vol. Je con-
duisit les rênes du côté de l'orient, qu'on m'a-
vait marqué. Je voyais à mes pieds les hautes
montagnes; et nous volâmes si rapidement, que
je perdais presque l'haleine en fendant le vague
de l'air. En une heure nous arrivâmes à cette
ville si renommée ; elle est toute de marbre, et
elle est grande trois fois comme Paris. Toute la
ville n'est qu'une seule maison. Il y a vingt-
quatre grandes cours, dont chacune est grande
comme le plus grand palais du monde ; et, au
milieu de ces vingt-quatre cours, il y en a une
vingt-cinquième qui est six fois plus grande que
chacune des autres. Tous les logements sont
égaux, car il n'y a point d'inégalité de condition entre les habitants de cette ville. Il n'y a là
ni domestique ni petit peuple ; chacun se sert
soi-même, personne n'est servi : il y a seulement des souhaits, qui sont de petits esprits
follets et voltigeants, qui donnent à chacun
tout ce qu'il désire dans le moment même. En
arrivant, je reçus un de ces esprits qui s'attacha à moi, et qui ne me laissa manquer de rien :
à peine me donnait-il le temps de désirer. Je
commençais même à être fatigué des nouveaux

désirs que cette liberté de me contenter excitait sans cesse en moi ; et je compris, par expérience, qu'il valait mieux se passer des choses superflues, que d'être sans cesse dans de nouveaux désirs, sans pouvoir jamais s'arrêter à la jouissance tranquille d'aucun plaisir. Les habitants de cette ville étaient polis, doux et obligeants. Ils me reçurent comme si j'avais été l'un d'entre eux. Dès que je voulais parler, ils devinaient ce que je voulais, et le faisaient sans attendre que je m'expliquasse. Cela me surprit ; et j'aperçus qu'ils ne parlaient jamais entre eux : ils lisent dans les yeux les uns des autres tout ce qu'ils pensent, comme on lit dans un livre ; quand ils veulent cacher leurs pensées, ils n'ont qu'à fermer les yeux. Ils me menèrent dans une salle où il y eut une musique de parfums. Ils assemblent les parfums comme nous assemblons les sons. Un certain assemblage de parfums, les uns plus forts, les autres plus doux, fait une harmonie qui chatouille l'odorat, comme nos concerts flattent l'oreille par des sons tantôt graves et tantôt aigus. En ce pays-là, les femmes gouvernent les hommes, elles jugent les procès, elles enseignent les sciences et vont à la guerre. Les hommes s'y fardent, s'y ajustent depuis le matin jusqu'au soir ; ils filent, ils cousent, ils travaillent à la broderie, et ils craignent d'être battus par leurs femmes, quand ils ne leur ont pas obéi. On dit que la chose se passait autrement, il y a un certain nombre

* 6

d'années : mais les hommes, servis par les souhaits, sont devenus si lâches, si paresseux et si ignorants, que les femmes furent honteuses de se laisser gouverner par eux. Elles s'assemblèrent pour réparer les maux de la république. Elles firent des écoles publiques, où les personnes de leur sexe qui avaient le plus d'esprit se mirent à étudier. Elles désarmèrent leurs maris, qui ne demandaient pas mieux que de n'aller jamais aux coups. Elles les débarrassèrent de tous les procès à juger, veillèrent à l'ordre public, établirent des lois, les firent observer, et sauvèrent la chose publique, dont l'inapplication, la légèreté, la mollesse des hommes, auraient sûrement causé la ruine totale. Touché de ce spectacle et fatigué de tant de festins et d'amusements, je conclus que les plaisirs des sens, quelque variés, quelque faciles qu'ils soient, avilissent et ne rendent point heureux. Je m'éloignai donc de ces contrées en apparence si délicieuses ; et, de retour chez moi, je trouvai dans une vie sobre, dans un travail modéré, dans des mœurs pures, dans la pratique de la vertu, le bonheur et la santé que n'avaient pu me procurer la continuité de la bonne chère et la variété des plaisirs.

FABLE 34.

Voyage supposé en 1690.

Il y a quelques années que nous fîmes un beau voyage dont vous serez bien aise que je vous raconte le détail. Nous partîmes de Marseille ¹ pour la Sicile ², et nous résolûmes d'aller visiter l'Egypte ³. Nous arrivâmes à Damiette ⁴, nous passâmes au Grand Caire ⁵.

Après avoir vu les bords du Nil en remontant vers le sud, nous nous engageâmes insensiblement à aller voir la mer Rouge. Nous trouvâmes sur cette côte un vaisseau qui s'en allait dans certaines îles qu'on assurait être encore plus délicieuses que les îles Fortunées ⁶. La curiosité de voir ces merveilles nous fit embarquer; nous voguâmes pendant trente jours : enfin nous aperçûmes la terre de loin. A mesure que nous approchions, on sentait les parfums que ces îles répandaient dans toute la mer.

Quand nous abordâmes, nous reconnûmes

1. *Marseille*, port sur la Méditerranée, département des Bouches-du-Rhône.
2. *Sicile*, île de la Méditerranée, à l'extrémité méridionale de l'Italie.
3. L'*Egypte*, contrée au nord de l'Afrique.
4. *Damiette*, ville de la basse Egypte.
5. Le *Caire*, capitale de la moyenne Egypte.
6. Les îles *Fortunées*, aujourd'hui les *Canaries*, à l'ouest de l'Afrique.

que tous les arbres de ces îles étaient d'un bois
odoriférant comme le cèdre. Ils étaient chargés
en même temps de fruits délicieux et de fleurs
d'une odeur exquise. La terre même, qui était
noire, avait un goût de chocolat, et on en faisait des pastilles. Toutes les fontaines étaient
de liqueurs glacées : là, de l'eau de groseille;
ici, de l'eau de fleur d'orange [1]; ailleurs, des
vins de toutes les façons. Il n'y avait aucune
maison dans toutes ces îles, parce que l'air n'y
était jamais ni froid ni chaud. Il y avait partout,
sous les arbres, des lits de fleurs, où l'on se cou-
chait mollement pour dormir; pendant le sommeil, on avait toujours des songes de nouveaux
plaisirs; il sortait de la terre des vapeurs douces
qui représentaient à l'imagination des objets
encore plus enchantés que ceux qu'on voyait en
veillant : ainsi on dormait moins pour le besoin que pour le plaisir. Tous les oiseaux de la
campagne savaient la musique, et faisaient
entre eux des concerts.

Les zéphyrs n'agitaient les feuilles des arbres
qu'avec règle, pour faire une douce harmonie.
Il y avait dans tout le pays beaucoup de cascades
naturelles : toutes ces eaux, en tombant sur
des rochers creux, faisaient un son d'une mélodie semblable à celle des meilleurs instruments de musique. Il n'y avait aucun peintre
dans tout le pays : mais quand on voulait avoir

1. On dit aussi *fleurs d'oranger* L'Académie, 1835,
donne *eau de fleur d'orange.*

le portrait d'un ami , un beau paysage , ou un
tableau qui représentât quelque autre objet , on
mettait de l'eau dans de grands bassins d'or ou
d'argent ; puis on opposait cette eau à l'objet
qu'on voulait peindre. Bientôt l'eau, se conge-
lant, devenait comme une glace de miroir, où
l'image de cet objet demeurait ineffaçable. On
l'emportait où l'on voulait , et c'était un tableau
aussi fidèle que les plus polies glaces de miroir.
Quoiqu'on n'eût aucun besoin de bâtiments , on
ne laissait pas d'en faire, mais sans peine. Il y
avait des montagnes dont la superficie était couverte de gazons toujours fleuris. Le dessous
était d'un marbre plus solide que le nôtre , mais
si tendre et si léger, qu'on le coupait comme du
beurre , et qu'on le transportait cent fois plus
facilement que du liége : ainsi on n'avait qu'à
tailler avec un ciseau , dans les montagnes , des
palais ou des temples de la plus magnifique
architecture : puis deux enfants emportaient
sans peine le palais dans la place où l'on voulait le mettre.

Les hommes un peu sobres ne se nourris-
sait que d'odeurs exquises. Ceux qui voulaient
une plus forte nourriture, mangeaient de cette
terre mise en pastilles de chocolat , et buvaient
de ces liqueurs glacées qui coulaient des fontaines. Ceux qui commençaient à vieillir allaient
se renfermer pendant huit jours dans une profonde caverne , où ils dormaient tout ce temps-
là avec des songes agréables : il ne leur était
permis d'apporter en ce lieu ténébreux aucune

lumière. Au bout de huit jours, ils s'éveillaient avec une nouvelle vigueur ; leurs cheveux redevenaient blonds ; leurs rides étaient effacées ; ils n'avaient plus de barbe : toutes les grâces de la plus tendre jeunesse revenaient en eux. En ce pays, tous les hommes avaient de l'esprit ; mais ils n'en faisaient aucun bon usage. Ils faisaient venir des esclaves des pays étrangers, et les faisaient penser pour eux ; car ils ne croyaient pas qu'il fût digne d'eux de prendre jamais la peine de penser eux-mêmes. Chacun voulait avoir des penseurs à gages, comme on a ici des porteurs de chaise pour s'épargner la peine de marcher.

Ces hommes, qui vivaient avec tant de délices et de magnificence, étaient fort sales : il n'y avait dans tout le pays rien de puant n'y de malpropre que l'ordure de leur nez, et ils n'avaient point d'horreur de la manger. On ne trouvait ni politesse ni civilité parmi eux. Ils aimaient à être seuls ; ils avaient un air sauvage et farouche ; ils chantaient des chansons barbares qui n'avaient aucun sens. Ouvraient-ils la bouche, c'était pour dire non à tout ce qu'on leur proposait. Au lieu qu'en écrivant nous faisons nos lignes droites, ils faisaient les leurs en demicercle. Mais ce qui me surprit davantage, c'est qu'ils dansaient les pieds en dedans ; ils tiraient la langue ; ils faisaient des grimaces qu'on ne voit jamais en Europe ni en Asie, ni même en Afrique, où il y a tant de monstres. Ils étaient froids, timides et honteux devant les étrangers, hardis et emportés contre ceux qui étaient dans leur familiarité.

Quoique le climat soit très-doux et le ciel très-constant en ce pays-là, l'humeur des hommes y est inconstante et rude. Voici un remède dont on se sert pour les adoucir. Il y a dans ces îles certains arbres qui portent un grand fruit d'une forme longue, qui pend du haut des branches. Quand ce fruit est cueilli, on en ôte tout ce qui est bon à manger, et qui est délicieux; il reste une écorce dure, qui forme un grand creux, à peu près de la figure d'un luth. Cette écorce a de longs filaments durs et fermes, comme des cordes qui vont d'un bout à l'autre. Ces espèces de cordes, dès qu'on les touche un peu, rendent d'elles-mêmes tous les sons qu'on veut. On n'a qu'à prononcer le nom de l'air qu'on demande; ce nom soufflé sur les cordes, leur imprime aussitôt cet air. Par cette harmonie, on adoucit un peu les esprits farouches et violents. Mais, malgré les charmes de la musique, ils retombent toujours dans leur humeur sombre et incompatible.

Nous demandâmes soigneusement s'il n'y avait point dans le pays des lions, des ours, des tigres, des panthères; et je compris qu'il n'y avait dans ces charmantes îles rien de féroce que les hommes. Nous aurions passé volontiers notre vie dans une si heureuse terre; mais l'humeur insupportable de ses habitants nous fit renoncer à tant de délices. Il fallut, pour se délivrer d'eux, se rembarquer, et retourner par la mer Rouge en Egypte, d'où nous retournâmes en Sicile en fort peu de jours ; puis nous vînmes de Palerme [1] à Marseille avec un vent très-favorable.

Je ne vous raconte point ici beaucoup d'autres circonstances merveilleuses de la nature de ce pays, et des mœurs de ses habitants. Si vous en êtes curieux, il me sera facile de satisfaire votre curiosité.

Mais qu'en conclurez-vous ? que ce n'est pas un beau ciel, une terre fertile et riante, ce qui amuse, ce qui flatte les sens, qui nous rendent bons et heureux. N'est-ce pas là, au contraire, ce qui nous amollit, ce qui nous dégrade, ce qui nous fait oublier que nous avons une âme raisonnable, et négliger le soin et la nécessité de vaincre nos inclinations perverses et de travailler à devenir vertueux ?

FABLE 35.

L'anneau de Gygès.

Pendant le règne du fameux Crésus [2], il y avait en Lydie [3] un jeune homme bien fait, plein d'esprit, très-vertueux, nommé Callimaque, de la race des anciens rois, et devenu si pauvre,

1. *Palerme*, port sur la Méditerranée, capitale de la Sicile.
2. *Crésus*, roi de Lydie, fameux par ses richesses (591 av. J.-C.).
3. *Lydie*, province de l'Asie Mineure (Anatolie).

qu'il fut réduit à se faire berger. Se promenant un jour sur des montagnes écartées où il rêvait sur ses malheurs en menant son troupeau, il s'assit au pied d'un arbre pour se délasser. Il aperçut auprès de lui une ouverture étroite dans un rocher. La curiosité l'engage à y entrer. Il y trouve une caverne large et profonde. D'abord il ne voit goutte ; enfin ses yeux s'accoutument à l'obscurité. Il entrevoit dans une lueur sombre une urne d'or, sur laquelle ces mots étaient gravés : « *Ici tu trouveras l'anneau de Gygès* [1]. *O mortel, qui que tu sois, à qui les dieux destinent un si grand bien, montre-leur que tu n'es pas ingrat, et garde-toi d'envier jamais le bonheur d'aucun autre homme.* »

Callimaque ouvre l'urne, trouve l'anneau, le prend, et, dans le transport de sa joie, il laissa l'urne, quoiqu'il fût très-pauvre et qu'elle fût d'un grand prix. Il sort de la caverne et se hâte d'éprouver l'anneau enchanté, dont il avait si souvent entendu parler depuis son enfance. Il voit de loin le roi Crésus qui passait pour aller de Sardes [2] dans une maison délicieuse

---

1. *Gygès*, berger du roi de Lydie, descendit dans une ouverture formée dans la terre par les pluies. Il vit un cheval de bronze ayant aux flancs des portes ; les ayant ouvertes, il vit un cadavre qui avait au doigt un anneau d'or. Il prit cet anneau et le mit à son doigt. Il devenait invisible quand il tournait le chaton en dedans de sa main, et redevenait visible quand il le tournait en dehors. D'accord avec la reine, il fit périr le roi, dont il prit la place.

2. *Sardes*, capitale de la Lydie, près du mont Tmolus et du Pactole, qui roulait dans ses flots du sable d'or.

4. *Fab. de Fénelon.*   7

sur les bords du Pactole. D'abord il s'approche
de quelques esclaves qui marchaient devant, et
qui portaient des parfums pour les répandre
sur le chemin où le roi devait passer. Il se mêle
parmi eux après avoir tourné son anneau en
dedans, et personne ne l'aperçoit. Il fait du
bruit tout exprès en marchant; il prononce
même quelques paroles. Tous prêtèrent l'oreille;
tous furent étonnés d'entendre une voix, et de
ne voir personne. Ils se disaient les uns aux
autres : « Est-ce un songe ou une vérité? N'avez-
vous pas cru entendre parler quelqu'un? » Callimaque, ravi d'avoir fait cette expérience,
quitte ces esclaves et s'approche du roi. Il est
déjà tout auprès de lui sans être découvert; il
monte avec lui sur son char, qui était tout
d'argent et orné d'une merveilleuse sculpture.
La reine était auprès de lui, et ils parlaient
ensemble des plus grands secrets de l'Etat, que
Crésus ne confiait qu'à la reine seule. Callimaque les entendit pendant tout le chemin.

On arrive dans cette maison, dont tous les
murs étaient de jaspe; le toit était de cuivre
fin, et brillant comme l'or; les lits étaient d'argent, et tout le reste des meubles de même;
tout était orné de diamants et de pierres précieuses. Tout le palais était sans cesse rempli
des plus doux parfums; et, pour les rendre
plus agréables, on en répandait de nouveaux
à chaque heure du jour. Tout ce qui servait à la
personne du roi était d'or. Quand il se promenait dans ses jardins, les jardiniers avaient

l'art de faire naître les plus belles fleurs sous
ses pas. Souvent on changeait, pour lui donner
une agréable surprise, la décoration des jardins, comme on change une décoration de
scène. On transportait promptement, par de
grandes machines, les arbres avec leurs racines,
et on en apportait d'autres tout entiers, en sorte
que chaque matin le roi, en se levant, aper-
cevait ses jardins entièrement renouvelés. Un
jour c'étaient des grenadiers, des oliviers, des
myrtes, des orangers et une forêt de citronniers.
Un autre jour paraissait tout à coup un désert
sablonneux avec des pins sauvages, de grands
chênes, de vieux sapins qui paraissaient aussi
vieux que la terre. Un autre jour, on voyait des
gazons fleuris, des prés d'une herbe fine et
naissante, tout émaillés de violettes, au travers
desquels coulaient impétueusement de petits
ruisseaux. Sur leurs rives étaient plantés de
jeunes saules d'une tendre verdure, de hauts
peupliers qui montaient jusqu'aux nues. Des
ormes touffus et des tilleuls odoriférants, plantés
sans ordre, faisaient une agréable irrégularité.
Puis, tout à coup, le lendemain, tous ces petits
canaux disparaissaient; on ne voyait plus qu'un
canal de rivière d'une eau pure et transparente.
Ce fleuve était le Pactole, dont les eaux coulaient sur un sable doré. On voyait sur ce fleuve
des vaisseaux avec des rameurs vêtus des plus
riches étoffes couvertes d'une broderie d'or. Les
bancs des rameurs étaient d'ivoire; les rames,
d'ébène; le bec des proues, d'argent; tous les

cordages, de soie; les voiles, de pourpre; et le corps des vaisseaux, de bois odoriférants comme le cèdre. Tous les cordages étaient ornés de festons ; tous les matelots étaient couronnés de fleurs. Il coulait quelquefois, dans l'endroit des jardins qui était sous les fenêtres de Crésus, un ruisseau d'essence, dont l'odeur exquise s'exhalait dans tout le palais. Crésus avait des lions, des tigres, des léopards, auxquels on avait limé les dents et les griffes, qui étaient attelés à de petits chars d'écaille de tortue garnis d'argent. Ces animaux féroces étaient conduits par un frein d'or et par des rênes de soie. Ils servaient au roi et à toute la cour pour se promener dans les vastes routes d'une forêt qui conservait, sous ses rameaux impéné-trables, une éternelle nuit. Souvent on faisait aussi des courses avec des chars le long du fleuve, dans une prairie unie comme un tapis vert. Ces fiers animaux couraient si légèrement et avec tant de rapidité, qu'ils ne laissaient pas même sur l'herbe tendre la moindre trace de leurs pas, ni des roues qu'il traînaient après eux. Chaque jour on inventait de nouvelles espèces de courses pour exercer la vigueur et l'adresse des jeunes gens. Crésus, à chaque nouveau jeu, attachait quelque grand prix pour le vainqueur. Aussi les jours coulaient dans les délices et parmi les plus agréables spectacles.

Callimaque résolut de surprendre tous les Lydiens par le moyen de son anneau. Plusieurs jeunes hommes de la plus haute naissance avaient couru devant le roi, qui était descendu de son char dans la prairie, pour les voir courir. Dans le moment où tous les prétendants eurent achevé leur course, et que Crésus examinait à qui le prix devait appartenir, Callimaque se met dans le char du roi. Il demeure invisible : il pousse les lions, le char vole. On eût cru que c'était celui d'Achille [1], traîné par des coursiers immortels, ou celui de Phébus [2] même, lorsqu'après avoir parcouru la voûte immense des cieux il précipite ses chevaux enflammés dans les ondes. D'abord on crut que les lions, s'étant échappés, s'enfuyaient au hasard ; mais bientôt on reconnut qu'ils étaient guidés avec beaucoup d'art, et que cette course surpasserait toutes les autres. Cependant le char paraissait vide, et tout le monde demeurait immobile d'étonnement. Enfin la course est achevée, et le prix remporté, sans qu'on puisse comprendre par qui. Les uns croient que c'est une divinité qui se joue des hommes ; les autres assurent que c'est un homme nommé Orodes, venu de Perse, qui avait l'art des enchantements, qui évoquait les ombres des enfers, qui tenait dans ses mains toute la puissance d'Hécate [3], qui envoyait à son gré la Discorde et les Furies dans l'âme de ses ennemis, qui faisait entendre la nuit les

1. *Achille*, v. n. 4, p. 30.
2. *Phébus* ou *Apollon*, dieu de la lumière, pris souvent pour le soleil.
3. *Hécate*, nom de Diane aux enfers.

hurlements de Cerbère[1] et les gémissements profonds de l'Erèbe [2], enfin qui pouvait éclipser la lune et la faire descendre du ciel sur la terre. Crésus crut qu'Orodes avait mené le char; il le fit appeler. On le trouva qui tenait dans son sein des serpents entortillés, et qui, prononçant entre ses dents des paroles inconnues et mystérieuses, conjurait les divinités infernales. Il n'en fallut pas davantage pour persuader qu'il était le vainqueur invisible de cette course. Il assura que non, mais le roi ne put le croire. Callimaque était l'ennemi d'Orodes, parce que celui-ci avait prédit à Crésus que ce jeune homme lui causerait un jour de grands embarras, et serait la cause de la ruine entière de son royaume. Cette prédiction avait obligé Crésus à tenir Callimaque loin du monde dans un désert, et réduit à une grande pauvreté. Callimaque sentit le plaisir de la vengeance, et fut bien aise de voir l'embarras de son ennemi. Crésus pressa Orodes, et ne put pas l'obliger à dire qu'il avait couru pour le prix, Mais comme le roi le menaça de le punir, ses amis lui conseillèrent d'avouer la chose et de s'en faire honneur. Alors il passa d'une extrémité à l'autre; la vanité l'aveugla. Il se vanta d'avoir fait ce coup merveilleux par la vertu de ses enchantements. Mais, dans le moment où il parlait, on fut bien surpris de voir le même char recommencer la même course. Puis le roi entendit une

1. *Cerbère*, chien à trois têtes qui gardait les enfers.
2. *Erèbe,* fils du Chaos et de la Nuit, souvent pris pour les enfers.

voix qui lui disait à l'oreille : « Orodes se moque de toi ; il se vante de ce qu'il n'a pas fait. » Le roi, irrité contre Orodes, le fit aussitôt charger de fers et jeter dans une profonde prison.

Callimaque, ayant senti le plaisir de contenter ses passions par le secours de son anneau, perdit peu à peu les sentiments de modération et de vertu qu'il avait eus dans sa solitude et dans ses malheurs. Il fut même tenté d'entrer dans la chambre du roi et de le tuer dans son lit. Mais on ne passe point tout d'un coup aux plus grands crimes : il eut horreur d'une action si noire, et ne put endurcir son cœur pour l'exécuter. Mais il partit pour s'en aller en Perse [1] trouver Cyrus [2] : il lui dit les secrets de Crésus qu'il avait entendus, et le dessein des Lydiens de faire une ligue contre les Perses avec les colonies grecques de toute la côte de l'Asie Mineure ; en même temps il lui expliqua les préparatifs de Crésus et les moyens de les prévenir. Aussitôt Cyrus abandonne les bords du Tigre [3], où il était campé avec une armée innombrable, et vient jusqu'au fleuve Halys [4], où Crésus se présenta à lui avec des troupes plus magnifiques que courageuses. Les Lydiens vivaient trop délicieusement pour

1. *Perse*, grande contrée de l'Asie, à l'ouest.

2. *Cyrus*, roi des Perses et des Mèdes. Il défit et prit Crésus dans Sardes, l'an 548 av. J.-C.

3. *Tigre*, fleuve d'Asie, sort des monts d'Arménie, et se joint à l'Euphrate. Emb. golfe Persique.

4. *Halys*, fleuve d'Asie Mineure, aujourd'hui Ermark. Embouchure mer Noire.

ne craindre point la mort. Leurs habits étaient
brodés d'or, et semblables à ceux des femmes les
plus vaines ; leurs armes étaient toutes dorées ;
ils étaient suivis d'un nombre prodigieux de
chariots superbes ; l'or, l'argent, les pierres
précieuses, éclataient partout dans leurs tentes,
dans leurs vases, dans leurs meubles, et jusque
sur leurs esclaves. Le faste et la mollesse de cette
armée ne devaient faire attendre qu'imprudence
et lâcheté, quoique les Lydiens fussent en beaucoup plus grand nombre que les Perses. Ceux-ci
au contraire ne montraient que pauvreté et courage : ils étaient légèrement vêtus ; ils vivaient de
peu, se nourrissaient de racines et de légumes,
ne buvaient que de l'eau, dormaient sur la terre
exposés aux injures de l'air, exerçaient sans cesse
leurs corps pour les endurcir au travail ; ils
n'avaient pour tout ornement que le fer ; leurs
troupes étaient toutes hérissées de piques, de
dards et d'épées : aussi n'avaient-ils que du mépris pour des ennemis noyés dans les délices. A
peine la bataille mérita-t-elle le nom de combat.
Les Lydiens ne purent soutenir le premier choc ;
ils se renversent les uns sur les autres : les
Perses ne font que tuer ; ils nagent dans le sang.
Crésus s'enfuit jusqu'à Sardes. Cyrus l'y poursuit sans perdre un moment. Le voilà assiégé
dans sa ville capitale. Il succombe après un long
siége ; il est pris ; on le mène au supplice. En
cette extrémité, il prononce le nom de Solon [1].

---

1. *Solon*, législateur athénien, un des sept sages de la

Cyrus veut savoir ce qu'il dit. Il apprend que Crésus déplore son malheur de n'avoir pas cru ce Grec qui lui avait donné de si sages conseils. Cyrus, touché de ces paroles, donne la vie à Crésus.

Alors Callimaque commença à se dégoûter de sa fortune. Cyrus l'avait mis au rang de ses satrapes[1], et lui avait donné d'assez grandes richesses. Un autre en eût été content; mais le Lydien, avec son anneau, se sentait en état de monter plus haut. Il ne pouvait souffrir de se voir borné à une condition où il avait tant d'égaux et un maître. Il ne pouvait se résoudre à tuer Cyrus, qui lui avait fait tant de bien. Il avait même quelquefois du regret d'avoir renversé Crésus de son trône. Lorsqu'il l'avait vu conduire au supplice, il avait été saisi de douleur. Il ne pouvait plus demeurer dans un pays où il avait causé tant de maux, et où il ne pouvait rassasier son ambition. Il part; il cherche un pays inconnu : il traverse des terres immenses, éprouve partout l'effet magique et merveilleux de son anneau, élève à son gré et renverse les rois et les royaumes, amasse de grandes richesses, parvient au faîte des honneurs, et se trouve cependant toujours dévoré de désirs. Son talisman lui procure tout, excepté la paix et le bonheur. C'est qu'on ne les trouve

Grèce, né 592 ans av. J.-C. Dans un entretien avec Crésus, il lui avait dit que la richesse ne fait pas le bonheur, et qu'on ne pouvait prononcer sur le sort des hommes qu'après leur mort.

1. *Satrape*, gouverneur de province chez les Perses.

* 7

que dans soi-même, qu'ils sont indépendants de tous ces avantages extérieurs auxquels nous mettons tant de prix ; et que, quand dans l'opulence et la grandeur on perd la simplicité, l'innocence et la modération, alors le cœur et la conscience, qui sont les vrais siéges du bonheur, deviennent la proie du trouble, de l'inquiétude, de la honte et du remords.

FABLE XXXVI.

Les aventures de Mélésichthon.

. Mélésichthon, né à Mégare [1], d'une race illustre parmi les Grecs, ne songea dans sa jeunesse qu'à imiter dans la guerre les exemples de ses ancêtres. Il signala sa valeur et ses talents dans plusieurs expéditions ; et comme toutes ses inclinations étaient magnifiques, il y fit une dépense éclatante, qui le ruina bientôt : il fut contraint de se retirer dans une maison de campagne, sur le bord de la mer, où il vivait dans une profonde solitude avec sa femme Proxinoé. Elle avait de l'esprit, du courage, de la fierté. Sa beauté et sa naissance l'avaient fait rechercher par des partis beaucoup plus riches que Mélésichthon ; mais elle l'avait préféré à tous les autres, pour son seul mérite. Ces deux personnes qui, par leur vertu et leur amitié, s'étaient

1. *Mégare*, ville de l'Attique (Grèce).

rendues naturellement heureuses pendant plusieurs années, commencèrent alors à se rendre mutuellement malheureuses par la compassion qu'elles avaient l'une pour l'autre. Mélésichthon aurait supporté plus facilement ses malheurs, s'il eût pu les souffrir tout seul et sans une personne qui lui était si chère. Proxinoé sentait qu'elle augmentait les peines de Mélésichthon. Ils cherchaient à se consoler par deux enfants, qui semblaient avoir été formés par les Grâces : le fils se nommait Mélibée, et la fille Poéménis. Mélibée, dans un âge tendre, commençait déjà à montrer de la force, de l'adresse et du courage : il surmontait à la lutte, à la course et aux autres exercices les enfants de son voisinage. Il s'enfonçait dans les forêts, et ses flèches ne portaient pas des coups moins assurés que celles d'Apollon [1] ; il suivait encore plus ce dieu dans les sciences et dans les beaux-arts, que dans les exercices du corps. Mélésichthon, dans la solitude, lui enseignait tout ce qui peut cultiver et orner l'esprit, tout ce qui peut faire aimer la vertu et régler les mœurs. Mélibée avait un air simple, doux et ingénu, mais noble, ferme et hardi. Son père jetait les yeux sur lui, et ses yeux se noyaient de larmes. Poéménis était instruite par sa mère dans tous les beaux-arts, que Minerve a donnés aux hommes : elle ajoutait aux ouvrages les plus exquis les charmes d'une voix

---

1. *Apollon*, selon Homère, lançait des traits inévitables. *Iliade*, liv. I, v. 21.

qu'elle joignait avec une lyre plus touchante que
celle d'Orphée. A la voir, on eût cru que c'était
la jeune Diane ¹ sortie de l'île flottante où elle
naquit. Ses cheveux blonds étaient noués négli-
gemment derrière sa tête; quelques-uns échappés flottaient sur son cou au gré des vents. Elle
n'avait qu'une robe légère, avec une ceinture
qui la relevait un peu, pour être plus en état
d'agir. Sans parure, elle effaçait tout ce qu'on
peut voir de plus beau et elle ne le savait pas :
elle n'avait même jamais songé à se regarder sur
le bord des fontaines; elle ne voyait que sa famille, et ne songeait qu'à travailler. Mais le
père, accablé d'ennuis, et ne voyant plus aucune
ressource dans ses affaires, ne cherchait que la
solitude. Sa femme et ses enfants faisaient son
supplice. Il allait souvent sur le rivage de la
mer, au pied d'un grand rocher plein d'antres
sauvages : là, il déplorait ses malheurs; puis il
entrait dans une profonde vallée, qu'un bois
épais dérobait aux rayons du soleil au milieu du
jour. Il s'asseyait sur le gazon qui bordait une
claire fontaine, et toutes les plus tristes pensées
revenaient en foule dans son cœur. Le doux
sommeil était loin de ses yeux; il ne parlait plus
qu'en gémissant; la vieillesse venait avant le
temps flétrir et rider son visage; il oubliait

1. *Diane*, fille de Jupiter et de Latone, sœur d'Apollon,
et déesse de la chasse. Elle naquit ainsi qu'Apollon dans
l'île de Délos, une des Cyclades, que Jupiter rendit stable,
de flottante qu'elle était.

même tous les besoins de la vie, et succombait
à sa douleur.

Un jour, comme il était dans cette vallée si
profonde, il s'endormit de lassitude et d'épuise-
ment : alors il vit en songe la déesse Cérès [1],
couronnée d'épis dorés, qui se présenta à lui
avec un visage doux et majestueux. « Pourquoi,
lui dit-elle en l'appelant par son nom, vous
laissez-vous abattre aux rigueurs de la fortune?
— Hélas! répondit-il, mes amis m'ont abandonné, je n'ai plus de bien ; il ne me reste que
des procès et des créanciers : ma naissance fait
le comble de mon malheur, et je ne puis me résoudre à travailler comme un esclave pour gagner ma vie. »

Alors Cérès lui répondit : « La noblesse consiste-t-elle dans les biens? ne consiste-t-elle
pas plutôt à imiter la vertu de ses ancêtres? il
n'y a de nobles que ceux qui sont justes. Vivez
de peu, gagnez ce peu par votre travail ; ne
soyez à charge à personne : vous serez le plus
noble de tous les hommes. Le genre humain se
rend lui-même misérable par sa mollesse et par
sa fausse gloire. Si les choses nécessaires vous
manquent, pourquoi voulez-vous les devoir à
d'autres qu'à vous-même? Manquez-vous de
courage pour vous les donner par une vie laborieuse? »

Elle dit, et aussitôt elle lui présenta une

---

1. *Cérès*, fille de Saturne et de Cybèle, était la déesse
des moissons. Elle enseigna aux hommes l'agriculture.

charrue d'or avec une corne d'abondance. Alors
Bacchus parut couronné de lierre, et tenant un
thyrse dans sa main : il était suivi de Pan, qui
jouait de la flûte, et qui faisait danser les faunes
et les satyres. Pomone se montra chargée de
fruits, et Flore, ornée des fleurs les plus vives
et les plus odoriférantes. Toutes les divinités
champêtres jetèrent un regard favorable sur
Mélésichthon.

Il s'éveilla, comprenant la force et le sens de
ce songe divin ; il se sentit consolé et plein de
goût pour tous les travaux de la vie champêtre.
Il parle de ce songe à Proxinoé, qui entre dans
tous ses sentiments. Le lendemain, ils congé-
dièrent leurs domestiques inutiles; on ne vit plus
chez eux de gens dont le seul emploi fût le service de leurs personnes. Ils n'eurent plus ni
char ni conducteur. Proxinoé et Poéménis filaient en menant paître leurs moutons ; ensuite,
elles faisaient leurs toiles et leurs étoffes, puis
elles taillaient et cousaient elles-mêmes leurs
habits et ceux du reste de la famille. Au lieu des
ouvrages de soie, d'or et d'argent, qu'elles
avaient accoutumé de faire avec l'art exquis de
Minerve, elles n'exerçaient plus leurs doigts
qu'au fuseau ou à d'autres travaux semblables.
Elles préparaient de leurs propres mains les
légumes qu'elles cueillaient dans leur jardin
pour nourrir toute la maison. Le lait de leur
troupeau, qu'elles allaient traire, achevait de
mettre l'abondance. On n'achetait rien : tout
était préparé promptement et sans peine. Tout

était bon, simple, naturel, assaisonné par l'appétit inséparable de la sobriété et du travail.

Dans une vie si champêtre, tout était chez eux net et propre. Toutes les tapisseries étaient vendues; mais les murailles de la maison étaient blanches, et on ne voyait nulle part rien de sale ni de dérangé; les meubles n'étaient jamais couverts de poussière; les lits étaient d'étoffes grossières, mais propres. La cuisine même avait une propreté qui n'est point dans les grandes maisons. Tout y était bien rangé et luisant. Pour régaler la famille dans les jours de fête, Proxinoé faisait des gâteaux excellents. Elle avait des abeilles dont le miel était plus doux que celui qui coulait du tronc des chênes creux pendant l'âge d'or. Les vaches venaient d'elles-mêmes offrir des ruisseaux de lait. Cette femme laborieuse avait dans son jardin toutes les plantes qui peuvent aider à nourrir l'homme en chaque saison, et elle était toujours la première à avoir les fruits et les légumes de chaque temps; elle avait même beaucoup de fleurs, dont elle vendait une partie après avoir employé l'autre à orner sa maison. La fille secondait sa mère, et ne goûtait d'autre plaisir que celui de chanter en travaillant, ou en conduisant ses moutons dans les pâturages. Nul autre troupeau n'égalait le sien : la contagion et les loups même n'osaient en approcher. A mesure qu'elle chantait, ses tendres agneaux dansaient sur l'herbe, et tous les échos d'alentour semblaient prendre plaisir à répéter ses chansons.

Mélésichthon labourait lui-même son champ ; lui-même il conduisait sa charrue, semait et moissonnait : il trouvait les travaux de l'agriculture moins durs, plus innocents et plus utiles que ceux de la guerre. A peine avait-il fauché l'herbe tendre des prairies, qu'il se hâtait d'enlever les dons de Cérès, qui le payaient au centuple du grain semé. Bientôt Bacchus faisait couler pour lui un nectar digne de la table des dieux. Minerve lui donnait aussi le fruit de son arbre, qui est si utile à l'homme. L'hiver était la saison du repos, où toute la famille assemblée goûtait une joie innocente, et remerciait les dieux d'être si désabusée des faux plaisirs. Ils ne mangeaient de viande que dans les sacrifices, et leurs troupeaux n'étaient destinés qu'aux autels.

Mélibée ne montrait presque aucune des passions de la jeunesse : il conduisait les grands troupeaux ; il coupait de grands chênes dans les forêts ; il creusait de petits canaux pour arroser les prairies; il était infatigable pour soulager son père. Ses plaisirs, quand le travail n'était pas de saison, étaient la chasse, les courses avec les jeunes gens de son âge, et la lecture, dont son père lui avait donné le goût.

Bientôt Mélésichthon, en s'accoutumant à une une vie simple, se vit plus riche qu'il ne l'avait été auparavant. Il n'avait chez lui que les choses nécessaires à la vie, mais il les avait toutes en abondance. Il n'avait presque de société que dans sa famille. Ils s'aimaient tous ; ils se rendaient mutuellement heureux : ils vivaient loin

des palais des rois et des plaisirs que l'on achète
si cher ; les leurs étaient doux, innocents, simples, faciles à trouver, et sans aucune suite dan-
gereuse. Mélibée et Poéménis furent ainsi élevés
dans le goût des travaux champêtres. Ils ne se
souvinrent de leur naissance que pour avoir plus
de courage en supportant la pauvreté. L'abondance, revenue dans cette maison, n'y ramena
point le faste : la famille entière fut toujours simple et laborieuse. Tout le monde disait à Mélésichthon : « Les richesses rentrent chez vous ; il
est temps de reprendre votre ancien état. » Alors
il répondait ces paroles : « A qui voulez-vous que
je m'attache, ou au faste qui m'avait perdu, ou
à une vie simple et laborieuse qui m'a rendu riche et heureux ? » Enfin, se trouvant un jour
dans ce bois sombre où Cérès l'avait instruit par
un songe si utile, il s'y reposa sur l'herbe avec autant de joie qu'il y avait eu d'amertume dans le
temps passé. Il s'endormit, et la déesse, se montrant à lui comme dans son premier songe, lui
dit ces paroles : « La vraie noblesse consiste à ne
recevoir rien de personne, et à faire du bien aux
autres. Ne recevez donc rien que du sein fécond
de la terre et de votre propre travail. Gardez-
vous bien de quitter jamais, par mollesse ou par
fausse gloire, ce qui est la source naturelle et
inépuisable de tous les biens. »

FXBLE XXXVII.

Les aventures d'Aristonoüs.

Sophronyme, ayant perdu les biens de ses ancêtres par des naufrages et par d'autres malheurs, s'en consolait par sa vertu dans l'île de Délos [1]. Là, il chantait sur une lyre d'or les merveilles du dieu qu'on y adore [2]; il cultivait les Muses, dont il était aimé; il recherchait curieusement tous les secrets de la nature, le cours des astres et des cieux, l'ordre des éléments, la structure de l'univers, qu'il mesurait de son compas; la vertu des plantes, la conformation des animaux; mais surtout il s'étudiait lui-même et s'appliquait à orner son âme par la vertu. Ainsi la fortune, en voulant l'abattre, l'avait élevé à la véritable gloire, qui est celle de la sagesse.

Pendant qu'il vivait heureux sans biens dans cette retraite, il aperçut un jour sur le rivage de la mer un vieillard vénérable qui lui était inconnu; c'était un étranger qui venait d'aborder dans l'île. Ce vieillard admirait les bords de la mer, dans laquelle il savait que cette île avait été autrefois flottante; il considérait cette côte où s'élevaient, au-dessus des sables et des rochers,

1. *Délos*, île la mer Egée (Archipel), célèbre par la naissance d'Apollon et de Diane.
2. *Apollon*, qui y avait un temple et y rendait des oracles.

de petites collines toujours couvertes d'un gazon naissant et fleuri ; il ne pouvait assez regarder les fontaines pures et les ruisseaux rapides qui arrosaient cette délicieuse campagne ; il s'avançait vers les bocages sacrés qui environnent le temple du dieu ; il était étonné de voir cette verdure que les aquilons n'osaient jamais ternir, et il considérait déjà le temple, d'un marbre de Paros[1] plus blanc que la neige, environné de hautes colonnes de jaspe. Sophronyme n'était pas moins attentif à considérer ce vieillard : sa barbe blanche tombait sur sa poitrine, son visage ridé n'avait rien de difforme ; il était encore exempt des injures d'une vieillesse caduque ; ses yeux montraient une douce vivacité ; sa taille était haute et majestueuse, mais un peu courbée, et un bâton d'ivoire le soutenait. « O étranger, lui dit Sophronyme, que cherchez-vous dans cette île, qui paraît vous être inconnue? Si c'est le temple du dieu, vous le voyez de loin, et je m'offre de vous y conduire ; car je crains les dieux, et j'ai appris ce que Jupiter[1] veut qu'on fasse pour secourir les étrangers. »

« J'accepte, répondit le vieillard, l'offre que vous me faites avec tant de marques de bonté ; je prie les dieux de récompenser votre amour pour les étrangers. Allons vers le temple. » Dans le

---

1. *Paros*, une des Cyclades, dans l'Archipel ou mer Egée. Elle était célèbre par les beaux marbres qu'on en tirait.

2. *Jupiter* était le dieu de l'hospitalité.

chemin, il raconta à Sophronyme le sujet de son voyage : « Je m'appelle, dit-il, Aristonoüs, natif de Clazomène, ville d'Ionie, située sur cette côte agréable qui s'avance dans la mer, et semble s'aller joindre à l'île de Chio[1], fortunée patrie d'Homère. Je naquis de parents pauvres, quoique nobles. Mon père, nommé Polystrate, qui était déjà chargé d'une nombreuse famille, ne voulut point m'élever ; il me fit exposer par un de ses amis de Téos[3]. Une vieille femme d'Erythre[4], qui avait du bien auprès du lieu où l'on m'exposa, me nourrit de lait de chèvre dans sa maison : mais comme elle avait à peine de quoi vivre, dès que je fus en âge de servir, elle me vendit à un marchand d'esclaves qui me mena dans la Lycie[5]. Il me vendit, à Patare[6], à un homme riche et vertueux, nommé Alcine ; cet Alcine eut soin de moi dans ma jeunesse. Je lui parus docile, modéré, sincère, affectionné, et appliqué à toutes les choses honnêtes dont on voulut m'instruire ; il me dévoua aux arts qu'Apollon favorise ; il me fit apprendre la musique, les exercices du corps, et surtout l'art de guérir les plaies des hommes. J'acquis bientôt une assez grande réputation dans

1. *Chio*, aujourd'hui Scio, île de la mer Egée, près de la côte de l'Asie Mineure (Anatolie).
2. *Téos*, aujourd'hui Sigagik, patrie du poëte Anacréon, ville sur la côte de l'Asie Mineure.
3. *Erythre*, aujourd'hui Eréthri, ville d'Ionie (Anatolie).
4. *Lycie*, province de l'Asie Mineure.
5. *Patare*, aujourd'hui Hatera, ville de Lycie où Apollon rendait des oracles.

cet art, qui est si nécessaire; et Apollon, qui
m'inspira, me découvrit des secrets merveilleux.
Alcine, qui m'aimait de plus en plus, et qui était
ravi de voir le succès de ses soins pour moi,
m'affranchit et m'envoya à Damoclès, roi de Lycaonie[1], qui, vivant dans les délices, aimait la vie
et craignait de la perdre. Ce roi, pour me retenir,
me donna de grandes richesses. Quelques années
après, Damoclès mourut. Son fils, irrité contre
moi par des flatteurs, servit à me dégoûter de
toutes les choses qui ont de l'éclat. Je sentis enfin un violent désir de revoir la Lycie, où j'avais
passé si doucement mon enfance. J'espérais y re-
trouver Alcine qui m'avait nourri, et qui était le
premier auteur de toute ma fortune. En arrivant
dans ce pays, j'appris qu'Alcine était mort après
avoir perdu ses biens, et souffert avec beaucoup
de constance les malheurs de sa vieillesse. J'allai
répandre des fleurs et des larmes sur ses cendres; je mis une inscription honorable sur son
tombeau, et je demandai ce qu'étaient devenus
ses enfants. On me dit que le seul qui était resté,
nommé Orciloque, ne pouvant se résoudre à paraître sans biens dans sa patrie, où son père avait
eu tant d'éclat, s'était embarqué sur un vaisseau
étranger pour aller mener une vie obscure dans
quelque île écartée de la mer. On m'ajouta que
cet Orciloque avait fait naufrage, peu de temps
après, vers l'île de Carpathe[1], et qu'ainsi il ne

1. *Lycaonie*, province de l'Asie Mineure.
2. *Carpathe*, aujourd'hui Scarpantho, île de la mer Méditerranée.

restait plus rien de la famille de mon bienfaiteur Alcine. Aussitôt je songeai à acheter la maison où il avait demeuré, avec les champs fertiles qu'il possédait autour. J'étais bien aise de revoir ces lieux, qui me rappelaient le doux souvenir d'un âge si agréable et d'un si bon maître : il me semblait que j'étais encore dans cette fleur de mes premières années où j'avais servi Alcine. A peine eus-je acheté de ses créanciers les biens de sa succession, que je fus obligé d'aller à Clazomène : mon père Polystrate et ma mère Phidile étaient morts. J'avais plusieurs frères qui vivaient mal ensemble : aussitôt que je fus arrivé à Clazomène, je me présentai à eux avec un habit simple, comme un homme dépourvu de biens, en leur montrant les marques avec lesquelles vous savez qu'on a soin d'exposer les enfants. Ils furent étonnés de voir ainsi augmenter le nombre des héritiers de Polystrate, qui devaient partager sa petite succession; ils voulurent me contester ma naissance, et ils refusèrent devant les juges de me reconnaître. Alors, pour punir leur inhumanité, je déclarai que je consentais à être comme un étranger pour eux ; et je demandai qu'ils fussent aussi exclus pour jamais d'être mes héritiers. Les juges l'ordonnèrent : et alors je montrai les richesses que j'avais apportées dans mon vaisseau ; je leur découvris que j'étais cet Aristonoüs qui avait acquis tant de trésors auprès de Damoclès, roi de Lycaonie, et que je ne m'étais jamais marié.

« Mes frères se repentirent de m'avoir traité si

injustement; et, dans le désir de pouvoir être un jour mes héritiers, ils firent les derniers efforts, mais inutilement, pour s'insinuer dans mon amitié. Leur division fut cause que les biens de notre père furent vendus; je les achetai, et ils eurent la douleur de voir tout le bien de notre père passer dans les mains de celui à qui ils n'avaient pas voulu en donner la moindre partie : ainsi ils tombèrent tous dans une affreuse pauvreté. Mais après qu'ils eurent assez senti leur faute, je voulus leur montrer mon bon naturel ; je leur pardonnai, je les reçus dans ma maison , je leur donnai à chacun de quoi gagner du bien dans le commerce de la mer ; je les réunis tous ; eux et leurs enfants demeurèrent ensemble paisiblement chez moi ; je devins le père commun de toutes ces différentes familles. Par leur union et leur application au travail, ils amassèrent bientôt des richesses considérables. Cependant la vieillesse, comme vous le voyez, est venue frapper à ma porte ; elle a blanchi mes cheveux et ridé mon visage ; elle m'avertit que je ne jouirai pas longtemps d'une si parfaite prospérité. Avant que de mourir j'ai voulu voir encore une dernière fois cette terre qui m'est si chère, et qui me touche plus que ma patrie même , cette Lycie où j'ai appris à être bon et sage sous la conduite du vertueux Alcine. En y repassant par mer, j'ai trouvé un marchand d'une des îles Cyclades[1], qui m'a assuré qu'il restait encore à Délos un fils d'Orcilo-

1. *Cyclades* , îles de la mer Egée, rangées en cercle.

que, qui imitait la sagesse et la vertu de son grand-père Alcine : aussitôt j'ai quitté la route de Lycie, et me suis hâté de venir chercher sous les auspices d'Apollon, dans son île, ce précieux reste d'une famille à qui je dois tout. Il me reste peu de temps à vivre : la Parque[1], ennemie de ce doux repos que les dieux accordent si rarement aux mortels, se hâtera de trancher mes jours ; mais je serai content de mourir, pourvu que mes yeux, avant que de se fermer à la lumière, aient vu le petit-fils de mon maître. Parlez maintenant, ô vous qui habitez avec lui dans cette île : le connaissez-vous ? pouvez-vous me dire où je le trouverai ? Si vous me le faites voir, puissent les dieux en récompense vous faire voir sur vos genoux les enfants de vos enfants jusqu'à la cinquième génération ! Puissent les dieux conserver toute votre maison dans la paix et dans l'abondance pour fruit de votre vertu ! » Pendant qu'Aristonoüs parlait ainsi, Sophronyme versait des larmes mêlées de joie et de douleur. Enfin il se jette, sans pouvoir parler, au cou du vieillard ; il l'embrasse, il le serre, et il pousse avec peine ces paroles entrecoupées de soupirs :

« Je suis, ô mon père, celui que vous cherchez ! vous voyez Sophronyme, petit-fils de votre ami Alcine : c'est moi, et je ne puis douter, en vous écoutant, que les dieux ne vous aient envoyé ici pour adoucir mes maux. La reconnaissance, qui

1. *Parque.* Les Parques étaient trois déesses dont deux filaient la vie des hommes, Clotho et Lachésis ; la troisième, Atropos, coupait le fil.

semblait perdue sur la terre, se retrouve en vous seul. J'avais ouï dire, dans mon enfance, qu'un homme célèbre et riche, établi en Lycaonie, avait été nourri chez mon grand-père; mais comme Orciloque mon père, qui est mort jeune, me laissa au berceau, je n'ai su ces choses que confusément. Je n'ai osé aller en Lycaonie dans l'incertitude, et j'ai mieux aimé demeurer dans cette île, me consolant dans mes malheurs par le mépris des vaines richesses, et par le doux emploi de cultiver les Muses dans la maison sacrée d'Apollon. La sagesse, qui accoutume les hommes à se passer[1] de peu et à être tranquilles, m'a tenu lieu jusqu'ici de tous les autres biens. »

En achevant ces paroles, Sophronyme, se voyant arrivé au temple, proposa à Aristonoüs d'y faire sa prière et ses offrandes. Ils firent au dieu un sacrifice de deux brebis plus blanches que la neige, et d'un taureau qui avait un croissant sur le front entre les deux cornes : ensuite ils chantèrent des vers en l'honneur du dieu qui éclaire l'univers, qui règle les saisons, qui préside aux sciences, et qui anime le chœur des neuf Muses. Au sortir du temple, Sophronyme et Aristonoüs passèrent le reste du jour à se raconter leurs aventures. Sophronyme reçut chez lui le vieillard, avec la tendresse et le respect qu'il aurait témoigné à Alcine même, s'il eût été encore vivant. Le lendemain, ils partirent ensemble et firent voile vers la Lycie. Aristonoüs mena So-

---

1. *Se passer* est ici pour *se contenter*.

phronyme dans une fertile campagne, sur le bord du fleuve Xanthe[1], dans les ondes duquel Apollon, au retour de la chasse, couvert de poussière, a tant de fois plongé son corps et lavé ses beaux cheveux blonds. Ils trouvèrent, le long de ce fleuve, des peupliers et des saules dont la verdure tendre et naissante cachait les nids d'un nombre infini d'oiseaux qui chantaient nuit et jour. Le fleuve, tombant d'un rocher avec beaucoup de bruit et d'écume, brisait ses flots dans un canal plein de petits cailloux : toute la plaine était couverte de moissons dorées; les collines, qui s'élevaient en amphithéâtre, étaient chargées de ceps de vignes et d'arbres fruitiers. Là, toute la nature était riante et gracieuse; le ciel était doux et serein, et la terre toujours prête à tirer de son sein de nouvelles richesses pour payer les peines du laboureur. En s'avançant le long du fleuve, Sophronyme aperçut une maison simple et médiocre, mais d'une architecture agréable, avec de justes proportions. Il n'y trouva ni marbre, ni or, ni argent, ni ivoire, ni meubles de pourpre : tout y était propre et plein d'agrément et de commodité, sans magnificence. Une fontaine coulait au milieu de la cour, et formait un petit canal le long d'un tapis vert. Les jardins n'étaient point vastes; on y voyait des fruits et des plantes utiles pour nourrir les hommes : aux deux côtés du

1. Le *Xanthe*, fleuve de Lycie. Il sort du mont Taurus et se jette dans la mer Méditerranée.

jardin paraissaient deux bocages dont les arbres étaient presque aussi anciens que la terre leur mère, et dont les rameaux épais faisaient une ombre impénétrable aux rayons du soleil. Ils entrèrent dans un salon, où ils firent un doux repas des mets que la nature fournissait dans les jardins, et on n'y voyait rien de ce que la délicatesse des hommes va chercher si loin et si chèrement dans les villes : c'était du lait aussi doux que celui qu'Apollon avait le soin de traire pendant qu'il était berger chez le roi Admète[1] ; c'était du miel plus exquis que celui des abeilles d'Hybla[2] en Sicile, ou du mont Hymette dans l'Attique; il y avait des légumes du jardin, et des fruits qu'on venait de cueillir. Un vin plus délicieux que le nectar coulait de grands vases dans des coupes ciselées. Pendant ce repas frugal, mais doux et tranquille, Aristonoüs ne voulut point se mettre à table. D'abord il fit ce qu'il put, sous divers prétextes, pour cacher sa modestie ; mais enfin, comme Sophronyme voulut le presser, il déclara qu'il ne se résoudrait jamais à manger avec le petit-fils d'Alcine, qu'il avait si longtemps servi dans la même salle. « Voilà, lui disait-il, où ce sage vieillard avait accoutumé de manger ; voilà où il conversait avec ses amis ; voilà où il jouait à divers jeux ; voici où il se promenait en lisant Hésiode et

1. *Admète*, roi d'une partie de la Thessalie (en Turquie).
2. *Hybla*, montagne de Sicile, célèbre par son miel, ainsi que le mont Hymette.

Homère ; voici où il se reposait la nuit. » En rappelant ces circonstances, son cœur s'attendrissait, et les larmes coulaient de ses yeux. Après le repas, il mena Sophronyme voir la belle prairie où erraient ses grands troupeaux mugissants sur le bord du fleuve ; puis ils aperçurent les troupeaux de moutons qui revenaient des gras pâturages ; les mères bêlantes et pleines de lait y étaient suivies de leurs petits agneaux bondissants. On voyait partout les ouvriers empressés, qui animaient le travail pour l'intérêt de leur maître doux et humain, qui se faisait aimer d'eux et leur adoucissait les peines de l'esclavage.

Aristonoüs, ayant montré à Sophronyme cette maison, ces esclaves, ces troupeaux, et ces terres devenues si fertiles par une soigneuse culture, lui dit ces paroles : « Je suis ravi de vous voir dans l'ancien patrimoine de vos ancêtres ; me voilà content, puisque je vous mets en possession du lieu où j'ai servi si longtemps Alcine. Jouissez en paix de ce qui était à lui ; vivez heureux, et préparez-vous de loin, par votre vigilance, une fin plus douce que la sienne. » En même temps il lui fait une donation de ce bien, avec toutes les solennités prescrites par les lois ; et il déclare qu'il exclut de sa succession ses héritiers naturels, si jamais ils sont assez ingrats pour contester la donation qu'il a faite au petit-fils d'Alcine son bienfaiteur. Mais ce n'est pas assez pour contenter le cœur d'Aristonoüs. Avant que de donner sa maison, il l'orne tout entière de meubles neufs, simples et modestes à la vérité, mais propres et agréables : il remplit les greniers des riches présents de Cérès[1], et les celliers d'un vin de Chio, digne d'être servi par la main d'Hébé[2] ou de Ganymède[3] à la table du grand Jupiter; il y met aussi du vin Praménien[4], avec une abondante provision de miel d'Hymette et d'Hybla, et d'huile d'Attique[5], presque aussi douce que le miel même. Enfin il y ajoute d'innombrables toisons d'une laine fine et blanche comme la neige, riche dépouille des tendres brebis qui paissaient sur les montagnes d'Arcadie[6] et dans les gras pâturages de Sicile. C'est en cet état qu'il donne sa maison à Sophronyme : il lui donne encore cinquante talents euboïques[7], et réserve à ses parents les biens qu'il possède dans la péninsule de Clazomène, aux environs de Smyrne[8], de Lébède et de Colophon, qui étaient d'un très-grand prix. La donation étant faite,

1. *Cérès*, v. n. 1, p. 121.
2. *Hébé*, déesse de la jeunesse, fille de Jupiter et de Junon, avait la fonction de verser le nectar aux dieux.
3. *Ganymède*, fils de Tros, fut enlevé par Jupiter changé en aigle, et remplaça Hébé dans sa fonction.
4. *Praménien*, vin qu'on récoltait près de Smyrne d'Ephèse (Asie Mineure) et dans quelques îles des environs.
5. *Attique*, contrée de la Grèce, fertile en oliviers.
6. *Arcadie*, contrée du Péloponèse (Morée).
7. Talent euboïque ou de l'île d'Eubée (Négrepont), mer Egée. Ce talent valait 3840 fr.
8. *Smyrne*, *Lébède*, *Colophon*, villes d'Ionie, sur la côte de l'Asie Mineure.

Aristonoüs se rembarque dans son vaisseau pour retourner dans l'Ionie. Sophrônyme, étonné et attendri par des bienfaits si magnifiques, l'accompagne jusqu'au vaisseau, les larmes aux yeux, le nommant toujours son père et le serrant entre ses bras. Aristonoüs arriva bientôt chez lui par une heureuse navigation : aucun de ses parents n'osa se plaindre de ce qu'il venait de donner à Sophronyme. « J'ai laissé, leur disait-il, pour dernière volonté dans mon testament, cet ordre, que tous mes biens seront vendus et distribués aux pauvres de l'Ionie, si jamais aucun de vous s'oppose au don que je viens de faire au petit-fils d'Alcine. » Le sage vieillard vivait en paix, et jouissait des biens que les dieux avaient accordés à sa vertu. Chaque année, malgré sa vieillesse, il faisait un voyage en Lycie pour revoir Sophronyme, et pour aller faire un sacrifice sur le tombeau d'Alcine, qu'il avait enrichi des plus beaux ornements de l'architecture et de la sculpture. Il avait ordonné que ses propres cendres, après sa mort, seraient portées dans le même tombeau, afin qu'elles reposassent avec celles de son cher maître. Chaque année, au printemps, Sophronyme, impatient de le revoir, avait sans cesse les yeux tournés vers le rivage de la mer, pour tâcher de découvrir le vaisseau d'Aristonoüs, qui arrivait dans cette saison. Chaque année, il avait le plaisir de voir venir de loin, au travers des ondes amères, ce vaisseau qui lui était si cher ; et la venue de ce vaisseau lui était

infiniment plus douce que toutes les grâces de la
nature renaissante au printemps, après les rigueurs de l'affreux hiver.

Une année, il ne voyait point venir, comme
les autres, ce vaisseau tant désiré ; il soupirait
amèrement ; la tristesse et la crainte étaient
peintes sur son visage ; le doux sommeil fuyait
loin de ses yeux ; nul mets exquis ne lui semblait
doux ; il était inquiet, alarmé du moindre bruit,
toujours tourné vers le port ; il demandait à tous
moments si on n'avait point vu quelque vaisseau
venu d'Ionie. Il en vint un ; mais, hélas ! Aristonoüs n'y était pas ; il ne portait que ses cendres
dans une urne d'argent. Amphiclès, ancien ami
du mort, et à peu près du même âge, fidèle exé-
cuteur de ses dernières volontés, apportait tristement cette urne. Quand il aborda Sophronyme,
la parole leur manqua à tous deux, et ils ne s'ex-
primèrent que par leurs sanglots. Sophronyme,
ayant baisé l'urne et l'ayant arrosée de ses larmes, parla ainsi : « O vieillard, vous avez fait le
bonheur de ma vie, et vous me causez maintenant
la plus cruelle de toutes les douleurs : je ne vous
verrai plus ; la mort me serait douce pour vous
voir et pour vous suivre dans les Champs Elysées[1],
où votre ombre jouit de la bienheureuse paix que
les dieux justes réservent à la vertu. Vous avez
ramené en nos jours la justice, la piété et la re-

---

1. Les *Champs Elysées* étaient le séjour des âmes des
hommes justes après leur mort.

connaissance sur la terre : vous avez montré dans un siècle de fer la bonté et l'innocence de l'âge d'or. Les dieux, avant que de vous couronner dans le séjour des justes, vous ont accordé ici-bas une vieillesse heureuse, agréable et longue : mais, hélas ! ce qui devrait toujours durer, n'est jamais assez long. Je ne sens plus aucun plaisir à jouir de vos dons, puisque je suis réduit à en jouir sans vous. O chère ombre ! quand est-ce que je vous suivrai ? Précieuses cendres, si vous pouvez sentir encore quelque chose, vous ressentirez sans doute le plaisir d'être mêlées à celles d'Alcine. Les miennes s'y mêleront aussi un jour. En attendant, toute ma consolation sera de conserver ces restes de ce que j'ai le plus aimé. O Aristonoüs ! ô Aristonoüs ! non, vous ne mourrez point, et vous vivrez toujours dans le fond de mon cœur. Plutôt m'oublier moi-même, que d'oublier jamais cet homme si aimable, qui m'a tant aimé, qui aimait tant la vertu, à qui je dois tout ! »

Après ces paroles entrecoupées de profonds soupirs, Sophronyme mit l'urne dans le tombeau d'Alcine : il immola plusieurs victimes, dont le sang inonda les autels de gazon qui environnaient le tombeau ; il répandit des libations abondantes de vin et de lait ; il brûla des parfums venus du fond de l'Orient, et il s'éleva un nuage odoriférant au milieu des airs. Sophronyme établit à jamais, pour toutes les années, et dans la même saison, des jeux funèbres en l'honneur d'Alcine

et d'Aristonoüs. On y venait de la Carie[1], heureuse et fertile contrée ; des bords enchantés du
Méandre[2], qui se joue par tant de détours, et qui
semble quitter à regret le pays qu'il arrose ; des
rives toujours vertes du Caystre[3] ; des bords du
Pactole[4], qui roule sous ses flots un sable doré ;
de la Pamphylie[5], que Cérès, Pomone et Flore
ornent à l'envi ; enfin des vastes plaines de la Cilicie[6], arrosées comme un jardin par les torrents
qui tombent du mont Taurus[7], toujours couvert
de neige. Pendant cette fête si solennelle, les jeunes garçons et les jeunes filles, vêtues de robes
traînantes de lin plus blanches que les lis, chantaient des hymnes à la louange d'Alcine et d'Aristonoüs ; car on ne pouvait louer l'un sans louer
aussi l'autre, ni séparer deux hommes si étroite-
ment unis même après leur mort.

Ce qu'il y eut de plus merveilleux, c'est que,
dès le premier jour, pendant que Sophronyme
faisait des libations de vin et de lait, un myrte
d'une verdure et d'une odeur exquise naquit au
milieu du tombeau, et éleva tout à coup sa tête
touffue pour couvrir les deux urnes de ses rameaux et de son ombre : chacun s'écria qu'Aris-

1. *Carie*, province de l'Asie Mineure.
2. *Méandre*, fleuve d'Ionie.
3. *Caystre*, autre fleuve d'Ionie.
4. *Pactole*, fleuve de Lydie, roulait du sable d'or dans
ses flots.
5. *Pamphylie*, province de l'Asie Mineure.
6. *Cilicie*, province de l'Asie Mineure.
7. *Taurus*, chaîne de monts qui traverse la Syrie et la
Pamphylie.

tonoüs, en récompense de sa vertu, avait été changé par les dieux en un arbre si beau. Sophronyme prit soin de l'arroser lui-même, et de l'honorer comme une divinité. Cet arbre, loin de vieillir, se renouvelle de dix en dix ans ; et les dieux ont voulu faire voir, par cette merveille, que la vertu, qui jette un si doux parfum dans la mémoire des hommes, ne meurt jamais.

FIN.

BIBLIOTHÈQUE ROYALE

I

TABLE DES FABLES.

FIN.

DÉSACIDIFIÉ
A SABLE - 2007

www.ingramcontent.com/pod-product-compliance
Lightning Source LLC
Chambersburg PA
CBHW070817250626
47170CB00006B/2135